BC ID

849-17287071

essen. Es wurde absichtlich freigelassen, damit es
crossing registriert, einem weltweiten Forum zum
te besuche http://bookcrossing.com und mach einen
n seine Reise führt. Das ist freiwillig, kostenlos und
weitergeben oder wieder freilassen!

Volker Mohr

Morgenland

Loco

Morgenland
Erste Auflage 2010

Loco Verlag, Diessenhofen / Schaffhausen
Postfach 857, CH-8201 Schaffhausen
Tel. 0041 (0)52 625 24 83
E-Mail: loco@kanton.sh
www.loco-verlag.ch
Umschlag und Satz:
Atelier an der Steig, Schaffhausen
Titelbild, Volker Mohr; Illustrationen, Laurenz Mohr
Druck: Bookstation, Sipplingen

ISBN: 978-3-9523055-8-4

Zitat Seite 8 aus: Friedrich Hölderlin »Hyperion«
Zitat Seite 40 aus: Friedrich Hölderlin »Patmos«
Zitat Seite 94 aus: Detlev von Liliencron »Trutz, Blanke Hans«
Zitat Seite 142 aus: Friedrich Hölderlin »Mnemosyne«

Über den Autor

Volker Mohr, geboren 1962, Studium der Architektur, schreibt Erzählungen und Sachbücher. Seine Themen kreisen um das Verhältnis von individuellem und kollektivem Schicksal, um die Frage nach der Identität und der persönlichen Souveränität.

Morgenland

Weil die Meinungen sich ändern, glaubt der Relativist, die Wahrheiten änderten sich.

Nur zwischen Einsamen gibt es einen Dialog.

Nicolás Gómez Dávila

»… wo die Empfänglichkeit für menschliches Leiden noch nicht von jener furchtbaren, von der technischen Zivilisation verbreiteten Krankheit, dem Vergessen, überschrieben worden ist.«

Lászlo F. Földényi

1

Insel

Fast ein halbes Jahr hatten sie auf der Insel zugebracht. Ein lang ersehnter Traum war damit in Erfüllung gegangen. Für einmal ungebunden und frei, für einmal auf sich selbst gestellt zu sein und zu leben, wie vielleicht Generationen vor ihnen einmal gelebt hatten. Das blieb freilich Spekulation, aber das einfache Steinhaus, die kärglichen Kammern mit nichts ausser einem schmalen Bett und einem kleinen Tisch darin, das Herdfeuer, das mit eigens dafür gesammeltem Holz unterhalten werden musste – das alles waren Bedingungen, unter denen auch die Insulaner vor hundert Jahren gelebt hatten. Einzig die Lebensmittelbeschaffung war für die beiden einfacher – sie holten das Nötigste im Dorfladen –, und dann war da natürlich das Wissen darum, dass dieses Abenteuer zeitlich begrenzt sein, dass es überhaupt ein Abenteuer sein würde.

Regina hatte sich schon bei der Vorstellung an den Inselaufenthalt bereichert gefühlt. »Endlich, wenn auch nur für kurze Zeit, zurück zu den Ursprüngen und erfahren, was Menschsein wirklich bedeutet«, hatte sie mehrmals gesagt.

Philipp sah das ähnlich. Auch er hatte eine Auszeit benötigt – einmal etwas völlig Unkonventionelles tun, das hatte ihm schon seit längerer Zeit vorgeschwebt. Für ihn bedeutete der Inselaufenthalt zwar auch ein Abenteuer, vor allem aber suchte er darin die Bestätigung, dass es auch mit ganz einfachen Mitteln ging. Er wollte sich und natürlich auch den zu Hause Gebliebenen beweisen, dass man problemlos auf den ganzen Luxus verzichten konnte.

Ein alter Fischer hatte sie hinübergefahren. Schweigend hatte er ihr Gepäck gemustert und dabei keine Miene verzogen. Er sagte auch nichts, als die beiden sich davon machten, dem Steinhaus entgegen, das nahe an den Klippen stand. Doch dann liess sie ein schriller Pfiff innehalten. Der Fischer fixierte die beiden verdutzten Abenteurer mit seinem durchdringenden Blick und wies dann mit der Hand auf ein einfaches Motorboot, das unweit von ihm auf der Kiesbank lag. Noch immer kein Wort, dafür aber unmissverständliche Gesten, dass sie dieses Boot zur Rückfahrt benutzen sollten. Philipp stiess ein »Okay« hervor und hob die Hand. Danach drehten sich beide um.

2

Insel

Nun standen sie da, weit und breit kein Mensch, dafür eine scheinbar unberührte, raue Natur, die sich wie zum Gruss von ihrer lieblichen Seite zeigte. Das Meer war nur leicht gekraust, der Wind ging mässig, und durch die dichten, grauen Fetzen am Himmel drangen dann und wann ein paar Sonnenstrahlen. Regina atmete tief durch. Der Geruch von Salz und Algen lag in der Luft, Möwen kreischten und dann das unablässige Geräusch der Brandung. Ein Gefühl der Freiheit überkam sie, aber gleichzeitig auch die Angst, den Elementen schutzlos ausgeliefert zu sein. Der Mensch, ging es ihr durch den Kopf, hatte sich über das Elementare erhoben – entronnen war er ihm indes nicht. Ein Tag ohne den Schutz eines Hauses, ohne Strom, warmes Wasser, ohne Feuer oder sonstige Annehmlichkeiten des zivilisierten Lebens, und schon würde die Kluft, die bestand, aber eben nicht überwunden war, schmerzhaft deutlich. Sie schob solche Gedanken jedoch schnell wieder beiseite. Jetzt wollte sie geniessen, wollte mit offenen Armen den Klippen entgegenlaufen, alles in sich aufnehmen und teilhaben an dem Zauber, der sie umgab. Am liebsten hätte sie gleich ihrer Sammelleidenschaft gefrönt:

Muscheln und Strandgut gab es hier zuhauf. Schöne, glitzernde Steine, flach abgeschliffene, farbig schimmernde und von der Natur gezeichnete, solche mit Einschlüssen, die Spuren davon an ihrer Oberfläche zeigten – eine unermessliche Fundgrube war dieser Strand. ›Sammeln und doch nicht besitzen‹, das war ihre Maxime. So war der Genuss am grössten.

Während Philipp das Gepäck zum Haus brachte, setzte sie sich auf einen Felsvorsprung und schrieb ein paar Gedanken in ihr Notizbuch, das sie immer bei sich trug. An Gedanken mangelte es ihr hier nicht. Alles schien würdig, erfasst und festgehalten zu werden. Beim Blättern in dem Büchlein stiess sie auf ein Gedicht, das sie vor Monaten entdeckt, und das sie dermassen bezaubert hatte, dass sie es sogleich notieren musste. Immer wieder hatte sie später diese Verse lautlos aufgesagt. Es ging zwar etwas Melancholisches von ihnen aus, gleichzeitig aber spendeten sie Mut und Zuversicht. Hier, dazu fühlte sie sich richtiggehend gedrängt, durfte oder musste sie dieses Gedicht laut sprechen:

»... Ich bin bei euch so recht vernünftig geworden, habe gründlich mich unterscheiden gelernt von dem, was mich umgibt, bin nun vereinzelt in der schönen Welt, bin so ausgeworfen aus dem Garten der Natur, wo ich wuchs und blühte ...

O ein Gott ist der Mensch, wenn er träumt, ein Bettler, wenn er nachdenkt ...«

Träumen, das war das Stichwort. Träumen und nicht nachdenken. Die Dinge geschehen lassen und nicht in ihren vorgezeichneten Lauf eingreifen. Einfach sein und darauf vertrauen, dass einem das Richtige zur richtigen Zeit zufiel. Hier in dieser scheinbar unberührten Natur schien es ein Leichtes zu sein, sich den Dingen hinzugeben. Das hiess nicht, dass man sich im süssen Nichtstun erging, sondern vielmehr, dass man im Einklang mit dem Gegebenen lebte. Das wollte sie tun; das war der tiefere Grund ihres Hierseins.

Regina kletterte wieder von dem Felsen hinunter und packte auch mit an. Wie wenig sie doch an Gepäck mitgenommen hatten, hatte sie eben noch gedacht. Jetzt aber, als es den Hang hinauf getragen werden musste, war es immer noch viel zu viel.

Philipp lächelte, als er Regina kreuzte. »Der Schlüssel«, rief er ihr zu, »wer hat eigentlich den Schlüssel zum Haus?«

3

Festland

Nun hatten sie seit langem wieder Festland unter den Füssen. Schweigend standen sie am Quai und schauten noch einmal zur Insel hinüber. Kaum merklich hob sie sich vom Wasser ab. Alles war zu dieser Stunde in ein fades Blau getaucht und selbst der Himmel schien dem Meer zu entsteigen. Eine mässige Brise wehte vom Wasser her. Die Wellen trugen kleine weisse Kronen und brachen sich rhythmisch, aber ohne grosses Getöse an der Quaimauer.

»Wie schön die Insel von hier aus aussieht«, murmelte Regina. »Man hat das Gefühl, als würde sie morgens aus dem Wasser auftauchen und abends in die Gründe des Meeres zurückkehren.«

Philipp nickte stumm. »Ein wahres Paradies«, meinte er schliesslich. »Ein Paradies auf Zeit.«

Regina lachte auf: »Das Paradies ist zeitlos«, meinte sie. »Entweder bist du im Paradies oder auf der Erde. Ein Paradies auf Zeit ist ein Paradoxon.«

»Ich weiss schon«, meinte Philipp. »Ich empfand die Insel als Paradies, aber nur, weil ich wusste, dass es ein Zurück gibt.«

Dem stimmte Regina zu. »Das wirkliche Paradies wäre für den Menschen wohl zu gewaltig. Er würde es nicht ertragen.«

Philipp hatte dem Meer den Rücken gekehrt und wies nun mit der Hand auf eine Hafenkneipe, deren Türe geöffnet war. Das satte Gelb des Verputzes schien durch die tiefstehende Sonne zu glühen. Wenn das keine Einladung war.

Die beiden hoben ihre Rucksäcke auf und gingen auf die Häuserzeile zu. Eine Stärkung konnten sie vertragen – einen Trunk zur Feier des Tages.

Sie setzten sich an den runden Tisch nahe der Türe und warteten auf die Bedienung. Man schien es jedoch nicht eilig zu haben. Vielleicht war jetzt auch Siesta. Niemand hielt sich in dem langgestreckten und weiss getünchten Raum auf. Radiomusik, die undeutlich aus dem Nebenraum zu vernehmen war, vermischte sich mit dem Rascheln der Kordeln, die in der Türöffnung hingen und vom Wind sanft bewegt wurden. Die beiden Gäste warteten geduldig.

Irgendwann rief Philipp: »Hallo, Bedienung!«, doch er wartete vergeblich auf ein Echo. Er probierte es noch zwei, drei Mal, dann stand er auf und stellte sich in die Türe, die in den Nebenraum führte. »Hallo, ist hier jemand?«

Nichts, keine Antwort.

»Wie es aussieht, müssen wir unser Glück an einem anderen Ort versuchen«, sagte er zu Regina, als er in die Gaststube zurückkehrte, »hier scheint das Personal wie vom Erdboden verschluckt zu sein.«

4

Insel

Eine ähnliche Erfahrung hatten sie damals gemacht, als sie auf der Insel angekommen waren. Den Schlüssel für das Haus an der Klippe, das sie gemietet hatten, konnte beim Bäcker im Dorf abgeholt werden. So hatte es seitens des Vermieters geheissen, und es war ihnen versichert worden, dass tagsüber immer jemand im Laden sei. Nur an diesem Tag war es anders gewesen. Als Regina die Klinke der Ladentüre niederdrückte, tat sich nichts. Das Geschäft war geschlossen und nirgends befand sich der erwartete Hinweis »Bin gleich zurück« oder so ähnlich. Philipp und Regina setzten sich in ein nahegelegenes Café und mussten über zwei Stunden warten, bis die Bäckersfrau vor ihrem Laden auftauchte und die Türe aufschloss. Auf die Frage, wieso das Geschäft geschlossen gewesen sei, gab sie freudig zur Antwort, ihr Sohn sei tags zuvor Vater geworden, und natürlich habe sie da nach dem Rechten sehen müssen. Die Frau war jetzt noch so aufgeregt, dass sie nicht auf die Idee kam, sich zu entschuldigen oder die beiden zu fragen, ob sie schon lange warteten. Nicht einmal nach ihrem Wunsch wurden die Reisenden gefragt, im Moment zählte nur das freudige Ereignis.

Als sie dann gegen Abend das Haus beziehen konnten, kam es ihnen seltsam leer vor. Regina tröstete sich damit, dass es wohl ein paar Tage dauerte, bis sie das Haus durch ihre eigenen Gewohnheiten mit Leben erfüllt haben würden, doch im Innersten fühlte sie, dass diese Leere nicht ganz beiseite geschoben werden konnte. Dieses Haus, das wurde ihr später erst bewusst, liess kein unechtes Wohlbehagen aufkommen. Und da es ihm fast gänzlich an Komfort mangelte, stand und fiel das Geborgenheitsgefühl des jeweiligen Bewohners mit seinem seelischen Vermögen. Wer sich in sich geborgen fühlte, dem war dieses Haus mehr als eine treue Hülle. Jenem aber, der sich an das Haus klammerte, entzog es sich, indem es nackt und kahl, gleichsam unberührbar wirkte.

Vor dem Eindunkeln stiegen die beiden zur Küste hinunter und spazierten den schmalen, sandigen Streifen entlang, der sich zwischen den steil abfallenden Klippen und dem Wasser gebildet hatte. Regina fröstelte. Sie schmiegte sich sanft an Philipps Körper. Der Himmel war bedeckt, alles war in ein unbestimmtes Grau gehüllt. Das Festland war nicht zu sehen, und den Blick auf das Innere der Insel versperrten die Klippen. Regina dachte an die neue Freiheit, die sie hier genossen, und sie spürte auch deren Preis: Wer frei war, war gleichzeitig von den Dingen getrennt – nicht nur von den lastenden, unangenehmen, sondern genauso von dem, was einem Geborgenheit gab.

Plötzlich blieben die beiden wie angewurzelt stehen. Vor ihnen im Sand lag eine tote Möwe. Die Flügel hatte das Tier ausgebreitet, während der Kopf nach hinten gebogen war. Philipp griff nach einem Holzstück und drehte damit den Vogel um. Regina zuckte zusammen und schrie leise auf. Der Bauch der Möwe war aufgeplatzt. So zumindest machte es den Anschein und Regina ahnte, dass das Tier keines natürlichen Todes gestorben war.

5

Festland

Gleich um die Ecke befand sich die nächste Gaststätte. Das Verlangen nach einer Stärkung liess sie zielstrebig auf das Lokal zugehen. Bereits beim Eintreten bemerkten sie, dass hier eine gehobenere Kundschaft bedient wurde: Die Tische waren mit Tüchern aus feinem Stoff bedeckt, die Servietten standen drapiert neben den Gedecken. Diverse Gläser und das zahlreiche Besteck liessen auf mehrere Gänge schliessen, die hier serviert wurden. Den beiden war das im Moment egal, obwohl sie sich auf etwas Einfaches eingestellt hatten. Da kein Kellner zugegen war, der ihnen die Plätze zugewiesen hätte, setzten sie sich kurz entschlossen an einen Tisch in der Ecke, an dem sie einigermassen ungestört sein würden. Erst als sie sassen, bemerkten sie, dass sie die einzigen Gäste waren. Philipp staunte. Das konnte doch nicht mit rechten Dingen zugehen. Regina beruhigte ihn jedoch: »Es ist noch früh«, meinte sie, »die Gäste werden schon noch kommen. Oder vielleicht findet gerade ein Fussballspiel statt, die Südländer sind da oft sehr fanatisch.«

Philipp warf ihr einen skeptischen Blick zu und nickte zögernd mit dem Kopf. Recht daran glauben konnte er allerdings nicht.

Auch in diesem Lokal liess die Bedienung auf sich warten, das hiess, es erschien überhaupt niemand, auch nicht nach Philipps mehrmaligem Rufen. »Das kann doch nicht sein«, sagte er schliesslich und klopfte mit der Hand ungehalten auf den Tisch. Dann erhob er sich und meinte zu Regina sich umblickend: »Ich sehe jetzt einmal nach dem Rechten.« In die Küche und die angrenzenden Räume warf er nur einen flüchtigen Blick, denn er erwartete nicht, hier jemanden vorzufinden. Im oberen Stockwerk – es musste sich um die Wirtewohnung handeln – ging er von Zimmer zu Zimmer. Bevor er jeweils eintrat, machte er sich durch Rufen oder Pochen an der Türe bemerkbar, aber er merkte schnell, dass seine Vorsicht unbegründet war – in diesem Haus war niemand anwesend. Er hätte seine Nachforschungen eigentlich abbrechen können, aber irgendetwas an dieser Wohnung faszinierte ihn – irgendetwas Unbestimmtes drängte ihn dazu, die Dinge genauer zu betrachten. Im Wohnzimmer, in dessen Mittelpunkt eine mächtige, alte, aus dunklem Holz gefertigte Kommode stand, herrschte peinliche Ordnung. Alles war aufgeräumt und selbst bei den diversen Photographien, die gerahmt auf der Kommode standen, wirkte nichts zufällig. Sie standen sozusagen in Reih und Glied. Nicht zu diesem Bild passten die beiden Weingläser auf dem Salontisch. Sie waren beide noch halb gefüllt und im Aschenbecher daneben lagen ein paar Kippen. Philipp bekam den Eindruck, als wären die Anwesenden kurzerhand aufgebrochen, als hätte sie eine überraschende Nachricht von hier weggeholt. Im Schlafzimmer, das sich gleich nebenan befand, zeigte sich ihm ein gänzlich anderes Bild. Die Bettdecken und Kissen lagen wild durcheinander. Auf dem Boden und dem Bett verstreut lagen die Kleidungsstücke einer Frau. Philipp entdeckte Höschen, BH und Strümpfe – Relikte einer Liebesnacht. Was war hier bloss geschehen? Als er wieder vor Regina stand, zuckte er nur die Schultern.

6

Festland

Als sie das Lokal verliessen, glaubte Regina einen Ton zu vernehmen, der sie, als sie sich sicher sein konnte, dass es sich nicht um das Geräusch des Windes handelte, der durch die Gassen strich, irgendwie in Aufregung versetzte. Es war kein lauter Ton. Kaum hörbar schwoll er sanft an und wieder ab. Aber er hielt sich hartnäckig. Philipp, darauf angesprochen, schaute Regina nur fragend an. Er konnte nichts Aussergewöhnliches hören. Regina gab sich damit zufrieden, doch der Ton liess sie nicht los. Und dann kam ihr in den Sinn, dass sie ihn bereits unten am Hafen ein erstes Mal vernommen hatte. Allerdings waren da auch die Geräusche der sich brechenden Wellen und jene des Windes gewesen, so dass sie ihm keine weitere Beachtung geschenkt hatte. Jetzt aber war er wieder da – leise aber klar. Es klang wie ein geistlicher Gesang aus unendlicher Entfernung. Vielleicht ertönte der Ton in einer Frequenz, die Philipp gar nicht hören konnte, überlegte sie. Sie dachte dabei an eine Hundepfeife und hielt diese Überlegung für schlüssig. Warum sollten beim Menschen, vielleicht sogar bei Mann und Frau, die wahrnehmbaren Frequenzen nicht variieren?

Wortlos schlenderten sie eine der Gassen hinauf, an der sich vorwiegend kleine Geschäfte und Kneipen befanden. Die Türen der meisten Lokale waren geöffnet, die Sonnenschirme waren aufgespannt und die leichte Brise, die in der Gasse etwas Zug bekam, liess die farbigen Girlanden über den Bars, sowie die Türkordeln sich leicht bewegen. Ein heiterer, sonniger Tag, dachte Regina, und doch lag etwas Schweres in der Luft. Als ob alles aus Blei wäre, kam es ihr vor. Und wieder hörte sie den geistlichen Gesang, der ihr jetzt wie ein Klagelied vorkam.

Philipp, der bisher geschwiegen hatte, durchbrach ihre Gedanken, indem er wie beiläufig fragte, wo nur die Leute alle seien. Jetzt erst fiel es Regina wie Schuppen von den Augen: Es war ein sonniger Tag, alles schien seinen gewohnten Lauf zu nehmen, aber es waren keine Menschen da. Weder auf der Strasse sahen sie jemanden, noch hinter den Scheiben der Bars und Geschäfte. Die Stadt war wie ausgestorben. Philipp, der sich ähnliche Gedanken zu machen schien, fragte mehr so vor sich hin, ob wohl ein Feiertag sei. »Vielleicht sind die Leute alle versammelt, auf einem Festplatz oder bei einer Prozession. Vielleicht«, das hatte Regina schon erwogen, »findet ein wichtiges Fussballspiel statt, eine politische Veranstaltung – Gründe mag es viele geben.«

Regina schüttelte den Kopf. »Wenn in der Hauptstadt eine Street Parade stattfindet oder eine Grossdemonstration vor dem Regierungsgebäude, dann sind deswegen die Quartiere, die sich abseits des Geschehens befinden, nicht menschenleer.«

Philipp nickte, doch wandte er ein, dass der Südländer temperamentvoller sei – politisch und auch religiös. Ebenso wisse er noch, im Gegensatz zum Nordländer, wie man Feste feiere, und dann sei da noch die Hitze, die die Leute womöglich aufs Land treibe.

»Zweifellos«, entgegnete Regina, während sie, unter der Türe einer der Bars stehend, einen Blick in den dunklen, leeren Raum warf. »Hier jedoch«, fügte sie an, »liegt etwas anderes vor. Hier ist etwas Aussergewöhnliches geschehen.«

7

Insel

Das Bild der toten Möwe ging Regina nicht mehr aus dem Sinn. Auch in der Nacht, als sich Philipp im Bett an sie schmiegte und ihr zärtliche Worte ins Ohr flüsterte, sah sie unentwegt den toten Vogel im Sand liegen. Wenig später stand sie sogar auf, zog sich etwas über und setzte sich im Wohnzimmer auf die steinerne Bank neben dem Kamin. Lange sass sie in Gedanken versunken da. Dann erhob sie sich, ging zum Tisch hinüber, nahm ein leeres Blatt Papier zur Hand und schrieb die Worte darauf: »Wenn die Vögel sterben, ziehen sich auch die Engel zurück.« Das half für den Moment. Befriedigt ging sie zurück ins Bett, wo sie sogleich einschlief.

Als sie am anderen Tag die Zeilen wieder las, begann sie erst zu erwägen, was sie da geschrieben hatte. Es war seltsam, zu Engeln hatte sie überhaupt keinen Bezug, hatte nie welche gesehen und auch nicht an die Existenz von Lichtwesen geglaubt. In Frage gestellt hatte sie sie aber auch nicht – das Thema war ihr einfach nicht wichtig gewesen. Jetzt aber kam sie ins Grübeln. Sie dachte an die Erzengel und an den persönlichen Schutzengel, auch die Gemälde mittelalterlicher Maler kamen ihr in den Sinn. Auf ihnen waren Engel nicht einfach zu sehen, sie stellten vielmehr eine unleugbare Realität dar. Die dargestellte Welt wäre zusammengebrochen, wenn man die Engel aus ihr verbannt hätte. Und genau so kam es ihr auch jetzt vor. Irgendetwas, das sie nicht benennen konnte, war anders, seitdem sie den Vogel gesehen hatte. Aber Vogel und Engel? Sie wusste nicht, was das sollte. Sie hatte sich nichts überlegt, als sie die Zeile nachts auf das Papier geschrieben hatte. Die Wörter waren wie von selbst auf das Blatt gekommen.

Regina faltete den Zettel sorgsam zusammen und steckte ihn in ihre Tasche. Gegenüber Philipp erwähnte sie nichts.

Am Nachmittag ging sie ins Dorf hinüber. Sie hatte noch einiges einzukaufen, vor allem von den Grundnahrungsmitteln wie Mineralwasser, Salz oder Öl musste sie sich einen Vorrat anlegen. Das war nicht nur praktisch, sondern in seltenen Fällen auch notwendig. Man wisse ja nie ... hatte sogar der Hausbesitzer damals am Telephon zu ihr gesagt, als das Thema darauf gekommen war. Natürlich, man wusste nie, wie sich die Dinge entwickelten.

In der Apotheke bediente sie ein freundlicher, älterer Herr. Zwar war er wortkarg, aber seine galante Art gab ihm etwas Einnehmendes, Sympathisches. Als Regina schliesslich ihr Portemonnaie hervorholte, wurde der Mann sogar gesprächig.

»Dieses Portemonnaie ...«, meinte er und blickte mit grossen Augen auf die lederne Geldbörse.

»Leider fehlt es am Inhalt«, entgegnete Regina lächelnd.

»Das meine ich nicht«, sagte der Apotheker ganz aufgeregt und kam nun hinter seiner Theke hervor. »Das Portemonnaie ist wahrscheinlich keine Rarität, was mich neugierig macht, ist allein dies: Ich habe auch einmal ein solches Exemplar besessen.«

Regina zuckte nur mit den Schultern. So sprachen Sammler von ihren Unikaten, aber ein Portemonnaie, das man in einem ganz normalen Lederwarengeschäft kaufen konnte ...

Der Apotheker nahm nun Regina komplizenhaft zur Seite. »Es geht mir nicht um das Stückchen Leder«, sagte er, »sondern um die damit verbundene Geschichte. Sie müssen wissen, ich habe in jungen Jahren bei einem Schausteller gearbeitet. Unsere Attraktion war ein Flohzirkus.«

»Und damals besassen Sie ein solches Portemonnaie?«, fragte Regina.

»Aber nein«, meinte der Apotheker. »Damals lernte ich mit Flöhen umzugehen. Haben Sie je einen Flohzirkus gesehen?«

Regina schüttelte den Kopf. Was wollte sie mit Flöhen. Diese Tiere waren doch nur eklig und gänzlich unnütz.

»Das müssten Sie unbedingt einmal sehen«, meinte der Apotheker und seine Augen begannen zu leuchten. »Wissen Sie«, begann er von neuem und legte dabei seine Hand sachte auf Reginas Schulter, während sein Blick unentwegt auf das Portemonnaie gerichtet war, »wissen Sie, man kann Flöhe nicht wirklich dressieren. Man muss die Tiere beobachten, um sie entsprechend einteilen zu können. Für Kunststücke sind sie alle geeignet. Es gibt Springer, die man auf eine Kugel setzt, die sie dann beim Sprungversuch von sich schleudern. Das sind die Torschützen unter den Flöhen. Dann gibt es die Läufer. Diese werden mit Silberfäden an eine Kutsche gebunden, worauf sie diese in Fahrt versetzen ...«

»Aber was hat das mit dem Portemonnaie zu tun?«, fragte Regina, die halb fasziniert, halb angeekelt zugehört hatte.

»Ach so, das Portemonnaie ...«, sagte der Apotheker. »Ich musste die Angelegenheit mit den Flöhen vorausschicken, damit Sie verstehen, dass ich diese Tiere kenne und mit ihnen umzugehen weiss.« Mit diesen Worten trat er ans Fenster und warf einen flüchtigen Blick auf den Dorfplatz. »Vor ein paar Jahren«, fuhr er mit geheimnisvoller Stimme fort, »trieb sich hier im Ort ein Taschendieb herum. Damals kamen kaum Touristen herüber, es musste sich also um jemanden aus unseren Reihen handeln. Als der Dieb immer dreister wurde und den Leuten fast ihre Bissen aus dem Mund stahl, hatte ich folgende Idee. Ich nahm ein Portemonnaie – es war eines von der gleichen Machart wie dieses hier – und füllte das Münzfach mit ein paar Geldstücken, vor allem aber mit Flöhen. Es waren hungrige Flöhe«, sagte er mit fast kindlicher Freude. »Ich steckte die Börse recht auffällig in meine Gesässtasche und schlenderte an einem Samstagmorgen auf dem Markt umher. Was glauben Sie, wie lange es dauerte, bis ich ohne Geldbeutel dastand? Keine fünf Minuten hat es gedauert, und dabei habe ich überhaupt nichts von dem Diebstahl gemerkt.«

Der Apotheker hatte sich bei diesen Worten derart ereifert, dass er, so schien es zumindest Regina, wie ein Kobold in seinem Laden herumsprang und immer wieder kichernde Laute hervorstiess. Dann blieb er plötzlich stehen, lachte auf und rieb sich dabei die Hände. »Noch vor Mitternacht läutete jemand Sturm an meiner Glocke. Ich bin sofort in den Laden hinuntergeeilt und habe mir die Bescherung angesehen. Und wissen Sie, wer in einem erbarmungswürdigen Zustand dastand? Der Gerichtsschreiber war es, und an Händen und Beinen hatte er Dutzende von Flohstichen, schön in Reih und Glied gesetzt.«

Regina musste nun auch lachen. Soviel Humor hätte sie dem Apotheker gar nicht zugetraut. »Und was haben Sie mit dem Dieb gemacht?« fragte sie.

»Ich habe ihn natürlich zur Rede gestellt«, meinte der Apotheker, »und ich habe ihm geraten, mit diesen Dingen aufzuhören. Das hat gewirkt, seither ist hier niemand mehr bestohlen worden.«

8

Festland

Regina erinnerte dieser scheinbar ausgestorbene Ort an ihre Heimatstadt, wie sie sich an gewissen Sonntagen zeigte. Natürlich waren das alte Erinnerungen, aber sie hatten sich nachhaltig in ihr Gedächtnis eingeprägt. Früher wurden sonntags die Städte oder zumindest die Aussenquartiere zu unberührten Kulissen. Das war vor allem im Hochsommer der Fall, wenn das Licht diffus war, die Sonne wie weisse Kohle glühte und ihre Strahlen, unsichtbaren Pfeilen gleich, auf die Dinge niederstachen. Die Schatten wurden weggebrannt, die Gebäude, die von Asphalt eingeschnürt waren, präsentierten sich klinisch rein und in einem gewissen Sinn tot. Kein Mensch hielt sich an solchen Tagen auf der Strasse auf; man zog sich in die Häuser zurück, schlief oder sass vor dem Fernseher. Regina hatte dann jeweils Mühe zu atmen und ein unbeschreibliches Verlassenheitsgefühl überkam sie. Was jeweils geholfen hatte, war die Flucht in die Bücher. Aber war das wirklich eine Flucht gewesen? Hatte es sich dabei nicht vielmehr um einen Versuch gehandelt, in eine lebendige Welt einzutauchen? Die Bücher waren geblieben, die Städte aber hatten sich verändert. Menschlicher waren sie wohl kaum geworden – vielmehr hatte sich der Mensch ihnen angepasst.

Solche Gedanken gingen Regina durch den Kopf, als sie durch den Ort gingen. Die Sonne brannte, aber der leichte Wind, der beständig wehte, machte die Hitze erträglich. Während Philipp nach Menschen Ausschau hielt, die es hier zweifellos geben musste, und die ihm früher oder später auch begegnen würden, interessierte sich Regina mehr für die Gebäude. Besonders die Läden hatten es ihr angetan, deren Türen zumeist offen standen. Ein Schaufenster mit Gebäck zog sie magisch an. Es duftete schon unter der Türe nach Honig, Mandeln und gebranntem Zucker. Wie erwartet, war der Laden leer, und auf das Rufen nach einer Bedienung erklang, wie bereits in den Häusern zuvor, kein Echo. Regina spielte mit dem Gedanken, nach einer Honigschnitte zu greifen, doch sie liess es bleiben, denn alles wirkte so, als würde jeden Moment jemand vom Hinterraum her den Laden betreten und sie nach ihren Wünschen fragen. Genau das war das Sonderbare: Die Zeit schien wie angehalten. Es war, als wäre der Stift einer Uhr herausgezogen worden, um eine genaue Einstellung vorzunehmen. Währenddessen stand die Uhr für Momente still, aber wenn der Stift wieder eingeklinkt würde, wäre alles wieder beim alten. Während Reginas Blick über die mit Broten gefüllten Regale schweifte, wurde ihr bewusst, dass vor wenigen Stunden sich hier noch jemand aufgehalten haben musste. Um sich dessen ganz sicher zu sein, nahm sie – jetzt ohne Skrupel – einen der länglichen Laibe in die Hand und brach ihn entzwei. Wie sie vermutet hatte, war die Rinde knusprig und das Innere des Brotes weich.

Regina verliess den Laden wieder und hielt nach Philipp Ausschau. Sie konnte ihn jedoch nirgends entdecken. Dafür war der Gesang wieder da – deutlicher und klagender als zuvor.

9

Festland

Regina schaute wie gebannt in die Richtung, wo sie sich von Philipp getrennt hatte, um die Bäckerei aufzusuchen. Aber da war niemand. Und auch sonst war keine Spur von Philipp zu entdecken. Regina stellte sich mitten auf die Strasse, formte die Hände zu einem Trichter und rief in alle Richtungen nach ihrem Freund. Aber nichts. Sie rannte zurück, bis zu jenem Lokal, das sie zuerst betreten hatten und danach, als sie dort nicht fündig wurde, die Strasse hinauf, wobei sie, soweit es die hastige Suche zuliess, jeden Winkel inspizierte. Aber auch jetzt entdeckte sie nichts – keine Spur von Philipp oder einem anderen Menschen. Dann rannte sie wieder zurück und blieb auf der Höhe der Bäckerei atemlos stehen. Hierher musste er zurückkommen, von diesem Ort durfte sie nicht weichen, das war ihr klar. Sie setzte sich auf einen Mauervorsprung und blickte abermals in alle Richtungen. Aber die Dinge entzogen sich ihrer Wahrnehmung. Sie begannen zu flimmern, während Tränen ihre Augen netzten und so den Blick trübten. Regina hatte Angst.

Wie lange sie schon auf diesem Stein gesessen hatte, wusste sie nicht. Es konnten ein paar Sekunden, ein paar Minuten oder auch mehr gewesen sein. Sie war mit ihren Gedanken an einem fernen Ort gewesen, im Gedankenlosen sozusagen, denn das beherrschte sie ausgezeichnet: sich dem Nichts hinzugeben. Diese Fähigkeit hatte sie schon als Kind ausgezeichnet, wenngleich die anderen ihr nicht glaubten, dass sie nichts dachte. Die meisten meinten, dass es gar nicht möglich sei, nichts zu denken. Regina aber wusste, dass es sehr gut möglich war. Manche Tiere etwa stellten sich bei drohender Gefahr einfach tot. Dachten sie dabei etwas? Die Frage war natürlich, ob Tiere überhaupt etwas dachten. Auch wenn Regina das für sich nie restlos klären konnte, gefiel ihr der Gedanke. Dass sie das Nichtsdenken auch in gefahrlosen Momenten übte, tat dem Vergleich keinen Abbruch. Und ausserdem: Gab es überhaupt gefahrlose Momente?

Der Gesang verstärkte sich weiter. Er wurde nicht lauter, aber intensiver. Regina kam sich wie ein Resonanzkörper vor; es war ihr, als vibrierte aufgrund dieser Töne ihr ganzer Körper. Wo mochte dieser Gesang bloss herkommen, und was oder wer bewirkte ihn? Einmal glaubte Regina, er komme aus dem Haus gegenüber, aber dann war es ihr, als wäre sein Ursprung in unendlicher Entfernung. Der Ton, das wurde ihr schliesslich klar, liess sich nicht orten. Und Philipp? Hatte er das klagende Singen auch vernommen und war den Tönen gefolgt? Ja, natürlich, aber doch nicht ohne auf sie zu warten.

Während sie abermals die Strassen absuchte, die sie in ihrem Blickfeld hatte, fiel ihr plötzlich auf, dass die Dämmerung einsetzte. Jetzt musste etwas geschehen, denn im Süden, das war ihr in den vergangenen Wochen bewusst geworden, war die Zeitspanne vom Einsetzen der Dämmerung bis zur völligen Dunkelheit nur sehr kurz. Da sie aber zu keiner Handlung fähig war, begann sie zu schluchzen. Doch dann hielt sie inne, raffte sich auf, entschlossen, die Suche fortzusetzen. Ihr Brot liess sie auf dem Mauervorsprung liegen. Hastig schrieb sie eine Notiz und band sie gut sichtbar an den Rucksack. Philipp würde sie sicher finden und auf sie warten – und überhaupt: Vielleicht klärte sich alles ganz schnell auf.

10

Insel

Jedes Mal, wenn sie ins Dorf kam, besuchte Regina nun auch den Apotheker. Sie ertappte sich sogar dabei, dass der Apothekenbesuch oft der eigentliche Anlass war, um in das Dorf zu gehen. Sie unterhielt sich gerne mit dem älteren, skurrilen Mann, der nicht nur eine ganze Menge Geschichten auf Lager hatte, sondern sich auch als sehr gebildet erwies. Einmal führte er Regina in ein Hinterzimmer, einen hallenartigen Raum, der an ein alchemistisches Laboratorium erinnerte. Regina kam es zumindest so vor, als sie all die Döschen, Flaschen, Destillierkolben, Reagenzgläser und diversen Glasgefässe in den verschiedensten Formen sah. Der Apotheker erriet Reginas Vermutung und winkte ab: »Hier wird keine Magie betrieben«, meinte er schmunzelnd, fügte jedoch etwas ernsthafter an, »ich bin noch Apotheker vom alten Schlag. Wissen Sie, das Verkaufen von Pharmaprodukten genügt mir nicht. Nur um standardisierte Produkte an den Mann zu bringen, hätte ich nicht sechs Jahre lang studieren müssen. Nein, ich bin Apotheker aus Passion. Ich stelle die Arzneimittel noch selbst her.«

Regina war beeindruckt. Interessiert ging sie von Tisch zu Tisch und betrachtete die diversen Gerätschaften, die Rohstoffe und die halbfertigen Produkte, die überall herumstanden. Dabei musste sie über manches Hindernis steigen, denn der Raum glich eher einer Rumpelkammer als einem seriösen Labor.

Wieder schien der Apotheker Reginas Gedanken zu erraten. »Eine Apotheke ist nun einmal ein Abstellraum«, sagte er mit gespielter Ernsthaftigkeit und fuhr dann lachend weiter, »der Begriff ›Apotheke‹ ist griechischen Ursprungs und bedeutet genau dies. In den mittelalterlichen Klöstern wurden in der ›apotheca‹ Heilkräuter aufbewahrt. Die ersten richtigen Apotheken aber wurden von Kaufleuten geführt, die mit Heilkräutern und Gewürzen Handel trieben. Damals war die Apotheke wohl eher ein Kolonialwarenladen«, meinte er scherzhaft. Da Regina für das Thema Interesse zeigte, geriet der Apotheker so richtig in sein Element und holte zu einem kulturgeschichtlichen Abriss der Apotheke aus. Als Meilenstein, der über das Apothekenwesen hinausging, bezeichnete er dabei das »Edikt von Salerno«, das vom Staufenkaiser Friedrich II. erlassen wurde. Hier sei, meinte er, die Trennung von Arzt und Apotheker gesetzlich fixiert worden. Ärzte durften demnach keine Apotheken besitzen oder an einer beteiligt sein. »Aber«, meinte er schliesslich, »ein Arzt, der nichts von Heilmitteln versteht, der nicht weiss, wie man sie herstellt und sie nicht herstellen kann oder darf, ist kein richtiger Arzt. Vielleicht ist dieses Edikt die Grundlage für die Aufspaltung der Berufe überhaupt – der Spezialisierung, wie wir sie heute kennen. Jeder ist auf seinem Gebiet ein Fachmann, aber vom Ganzen hat er keine Ahnung mehr. Da hilft es auch nichts, wenn man die Disziplinen miteinander vernetzt. Sie werden dadurch zwar aneinander gebunden, aber sie verschmelzen nicht ineinander.«

Regina war überrascht über die ernsthaften und kritischen Worte des Mannes. So hatte sie die Dinge noch nie betrachtet. Gedankenversunken ging sie nun zwischen den Tischen hin und her, hob mal diesen Dekkel, roch an jener Substanz und liess sich von den Farben, Düften und den Formen der Pflanzen, die getrocknet und zu Büscheln gebunden aufgehängt waren, richtiggehend betören. Der Apotheker fuhr dessen ungeachtet mit seinem geschichtlichen Exkurs fort. Im vierzehnten Jahrhundert, meinte er, sei der Apotheker vom fliegenden Händler zum wohlhabenden Patrizier mutiert. Von nun an verkaufte er nicht nur Heilpflanzen, Gewürze und Drogen, sondern stellte in seiner »Offizin« auch selber Arzneimittel her.

Regina, die nur mit einem Ohr zugehört hatte, drehte sich nun zu dem Apotheker um und meinte unvermittelt: »Die Aufspaltung blieb aber nicht auf die Berufsgattungen beschränkt.«

»Aber nein«, meinte der Apotheker. »Aufspaltungen gab es bald in jedem Bereich. Bald wusste die rechte Hand nicht mehr, was die linke tat. Oder denken Sie nur an die Reformation im sechzehnten Jahrhundert. Hier wurde sogar die Religion aufgespalten.«

»Und was ist mit Paracelsus?«, fragte nun Regina in ihrer etwas sprunghaften Art.

Die Stimme des Apothekers veränderte sich nun um Nuancen, sie wurde tragender, fester: »Ein grosser Mann«, meinte er, »eine Einzelerscheinung, der die Disziplinen vielleicht als letzter wirklich zusammenzuführen vermochte. Paracelsus war Arzt, Alchemist, Astrologe und Theologe in einem.«

Regina nickte. Darüber wollte sie mehr erfahren.

Der Apotheker fühlte sich geschmeichelt, als sie ihre Bitte vortrug. »Aber selbstverständlich«, meinte er. »Wenn sich jemand für mein Gebiet interessiert, habe ich immer Zeit.«

11

Festland

Regina hatte das stattliche Eckhaus, das sozusagen die Pforte zu dem anschliessenden kleinen Platz bildete, ins Auge gefasst. Hier, so schien es ihr im Moment, würde sie mehr über die sonderbare Menschenleere dieser Stadt erfahren, vielleicht auch über das Verbleiben von Philipp. Auch hatte sie das Gefühl, dass der klagende Gesang oder was es auch immer sein mochte, von diesem Haus ausgehen könnte. Es war ein altes Haus. Den bewegten Formen nach zu schliessen, musste es aus dem Barock stammen. Regina öffnete die grosse, schwere Türe, die, wie alle bisherigen Türen, die sie oder Philipp zu öffnen versucht hatte, nicht geschlossen war. Sie gelangte in einen hohen, dunklen Gang. Den Lichtschalter fand Regina gleich neben der Türe, aber das Licht, das auf ihr Drücken hin aufleuchtete, vermochte den Raum nicht wesentlich zu erhellen. Immerhin zeichnete sich nun eine Treppe ab, die nach oben führte, und ebenso diverse Türen, durch die man wohl in die angrenzenden Wirtschaftsräume gelangte. Regina entschied sich für die Türe hinten bei der Treppe. Behutsam öffnete sie sie, wobei ihr Blick in eine Art Abstellkammer fiel. Warum sie trotzdem weiter ging, konnte sie nicht sagen. Es drängte sie unerklärlicher Weise in diesen sonderbaren Raum, in dem alte Möbelstücke, Fahrräder und sonstige ausgediente Dinge herumstanden. Dann entdeckte sie eine weitere Treppe. Diese führte in die Tiefe. Reginas behutsamer Blick hinunter fiel jedoch ins Leere; er wurde von dem ihr entgegentretenden Schwarz geschluckt. Einen Lichtschalter gab es hier nicht, aber auf einer Kommode hatte sie beim Betreten des Raumes eine Petroleumlampe stehen sehen. Sie ging deshalb die paar Schritte zurück, nahm die Lampe in die Hand, putzte mit ihrem Taschentuch das Glas und musste unvermittelt lachen. Sie hatte nämlich an den Geist denken müssen, der in einer der Erzählungen aus Tausendundeiner Nacht aus der Lampe stieg. Doch so unvermittelt die Heiterkeit über sie gekommen war, so schnell wich sie wieder von ihr, verwandelte sich in Schrecken. Regina war es nämlich, als wäre in dem Moment, in dem sie das Licht entfacht hatte, der Klagegesang mächtig angeschwollen. Die Töne drangen unzweifelhaft aus dem Dunkel empor. Die Treppe knarrte, als sich Regina Schritt für Schritt nach unten bewegte. Ihre Hände und Füsse waren wie taub, und auf der Stirne spürte sie kalten Schweiss. Sie hatte Angst. Trotzdem trieb es sie weiter. Nicht sie ging in die Tiefe, sondern etwas in ihr ging diese Treppe hinunter, führte sie weiter, durch einen gewölbten Raum auf eine weitere Türe zu. Auch diese liess sich ohne weiteres öffnen. Sie führte auf einen Gang, dessen Ende nicht abzusehen war. Regina dachte an einen Verbindungsstollen, der einst zwischen den einzelnen Häusern erstellt worden war. Sie malte sich dabei aus, dass jemand, der zu Hausarrest verurteilt worden war, durch den Stollen unerkannt ins Freie gelangen konnte. Natürlich musste er sich tarnen, sobald er auf die Strasse kam, aber immerhin war es ein Weg in die Freiheit. Ob dieser Stollen auch sie in die Freiheit oder zumindest in die Gewissheit führte, war indes abzuwarten. Sie war bereits ein paar Meter gegangen, als sie hinter sich Schritte vernahm. Erschrocken drehte sie sich um. Aber die Dunkelheit gab nichts preis.

»Hallo!«, rief Regina, »ist hier jemand?« Keine Antwort, nichts. »Bist du es Philipp?«, setzte sie nach. Wieder nichts. Nur die Schritte wurden lauter, schneller. Noch einmal rief Regina ins Dunkel hinein, da sie aber nach wie vor keine Antwort erhielt, schaute sie sich nach einer Nische oder einem Mauervorsprung um – sie wollte sehen, wer da kam, ohne selbst sogleich gesehen zu werden. Aber dieser Gang bot keinen Schutz. Reginas Angst nahm zu. Sie begann schneller zu gehen, und da die Schritte trotzdem lauter wurden, begann sie zu rennen. Atemlos rannte sie dem Ende des Ganges entgegen, das sich jedoch immer weiter hinauszuschieben schien. Der Gang war endlos.

12

Festland

Regina kam sich vor, als renne sie auf einem Rollband gegen die Laufrichtung – statt vorwärtszukommen, fiel sie zunehmend zurück. Dazu kam, dass sie eine unsichtbare Hand an ihrem Nacken spürte, eine Hand, die jederzeit zugreifen konnte. Dann stand sie plötzlich vor einer Türe. Ohne zu zögern, riss sie die Türe auf und rannte weiter. Da aber stoben kleine schwarze Bestien, die zu einem dichten Knäuel zusammengestanden hatten, auseinander. Die Bewegung, die sie auslösten, glich dem spritzenden Wasser, das durch das Aufschlagen eines Steines verursacht wurde. Manche der Bestien klatschten gegen die Wände, andere verschwanden kreischend im Nichts. Ein paar von ihnen warfen sich auch Regina entgegen, prallten an ihren Beinen ab und schnellten in eine andere Richtung davon. Dann war Ruhe. Dort, wo die Bestien gestanden hatten, zeichnete sich nun ein dunkler, glänzender Fleck ab. Regina konnte nicht mehr. Sie stützte sich an einem Holzverschlag ab und übergab sich. Doch dann hörte sie abermals die Schritte. Auch glaubte sie, heftiges Atmen zu vernehmen. Mit letzter Kraft ergriff sie nochmals die Flucht. Sie riss eine Türe nach der anderen auf, gelangte von einem düsteren Raum in den anderen, aber immer ging es weiter – immer tiefer hinein in den Schlund eines steinernen Ungeheuers. Irgendwann brach sie zusammen. Sie spürte, wie ihr schwarz vor den Augen wurde und wie sie stürzte. Als sie wieder aufwachte, war nicht als erstes der Schmerz da, dieser kam erst nach und nach. Als erstes sah sie vor ihrem inneren Auge einen grossen Fisch, der einen Menschen verschluckt hatte. Sie sah Jonas im Bauch des Wals. Bevor sie aber dieses Bild irgendwie einordnen konnte, war es auch schon wieder weg. Regina lag halb bewusstlos am Boden. Die Augen hielt sie geschlossen, der Atem ging heftig. Denken konnte sie nichts. Wie im Fieber sah sie kaleidoskopartige Bilder vor sich. Die farblosen Ornamente gingen ineinander über und rissen sie irgendwie mit sich, auf einen unendlichen Punkt zu, der sich durch ihr Näherkommen immer weiter entfernte. Dann wieder Jonas. Als ob sie verrückt geworden wäre, murmelte sie unverständliche Worte vor sich hin. Es waren Worte aus einem Gedicht, das sie ganz klar vor sich sah:

»Nah ist
Und schwer zu fassen der Gott.
Wo aber Gefahr ist, wächst das Rettende auch.
... So sprach ich, da entführte
Mich schneller denn ich vermutet,
Und weit, wohin ich nimmer
Zu kommen gedacht, ein Genius mich
Vom eigenen Haus ...«

Regina hob ihren Kopf. Er schmerzte. Was für Worte waren das gewesen, die sie da eben vor sich gesehen hatte? Richtig, es waren Verse aus einem Hölderlin-

Gedicht gewesen. Sie hatte das Gedicht als Jugendliche auswendig gelernt, weil es sie so sehr beeindruckt hatte. – Überhaupt hatte sie damals viel von Hölderlin gelesen und auch auswendig gelernt. Es war ihr vorgekommen, als träfen diese Gedichte ihren Lebensnerv. Der Dichter sprach nicht einfach von den Dingen, nein, er liess die Dinge selbst sprechen und hatte an ihren Gesprächen teil. Er lebte, was er sagte, und er hielt die Dinge durch sein Sagen am Leben. Das war vielleicht die höchste Kunst, die es überhaupt gab. Und natürlich stimmte sie auch gerne in die Klage mit ein – in die Klage über das Verschwinden des Gewachsenen, über das Verschwinden einer ganzen Welt. – »Wo aber Gefahr ist, wächst das Rettende auch ...« Das gab ihr Hoffnung.

Regina setzte sich auf und rieb sich die Augen. Alles war still. Kein Mensch weit und breit und, so weit sie sehen konnte, auch keine Gefahr. Die Angst allerdings blieb. Die Angst vor der Ungewissheit, vor dem, was war und auch nicht war, die Angst auch vor dem Unbekannten, das sie lähmte und in die Ohnmacht trieb.

13

Insel

Bereits am darauffolgenden Tag sass Regina wieder in dem laborartigen Hinterzimmer des Apothekers. Obwohl sie die Ungeduld, die Reizbarkeit und auch den Stirnkopfschmerz – Symptome, die wohl vom stressigen Alltag auf dem Festland herrührten – noch nicht gänzlich hatte ablegen können, stürzte sie sich mit Leidenschaft auf alles Neue, das die Insel für sie bereithielt. Vor allem aber interessierte sie sich für die Arbeit des Apothekers. Dieser fühlte sich natürlich geschmeichelt und nahm den Faden ihres letzten Gesprächs ohne Umschweife wieder auf. Verschmitzt lächelnd meinte er: »Sie wollen also mehr über meine Philosophie erfahren?«

Regina nickte.

»Da muss ich etwas ausholen«, sagte der Apotheker und setzte sich in einen Korbsessel, den er zuvor richtiggehend hatte ausgraben müssen, denn alles, was in diesem Raum eine horizontale Ebene aufwies, wurde sofort als Abstellfläche benutzt. Dann presste er seine Hände zusammen, legte sie an seinen Mund und atmete tief durch.

»Krankheiten«, begann er bedeutungsvoll, wobei es den Anschein machte, als fielen ihm die Worte nicht gerade leicht, »Krankheiten gibt es, solange es Menschen gibt. Der erste Mensch war anfällig für Krankheiten und auch der letzte wird es sein. Die Krankheit gehört zum Menschen, ohne sie wäre er kein Mensch. Offen für Krankheiten ist, wer sterblich ist. Und so, wie der Schlaf als der kleine Bruder des Todes bezeichnet wird, ist die Krankheit die kleine Schwester des Sterbens. Platon frei interpretiert, bedeutet Leben, sterben lernen. Es bedeutet aber auch, krank sein zu können. Mit jedem Kranksein stimmen wir uns auf das Sterben ein, nehmen dadurch im Grunde die Finalität des Sterbens vorweg.«

Der Apotheker machte hier eine Pause und blickte bedächtig zu Boden. Doch unvermittelt nahm er den Faden wieder auf, warf einen Blick zu Regina, die auf einem der Korpusse sass, und sagte: »Haben Sie noch nie erlebt, wie schön es ist, abends müde ins Bett zu sinken? Oder wie erlösend ein Fieber sein kann, wie gestärkt man bisweilen daraus hervorgeht? Ich will damit nichts beschönigen, und wenn Schmerzen auftreten, ist auch die Verlockung des Müssiggangs, die in der Krankheit steckt, dahin. Aber wenn man nur noch darauf aus ist, Krankheiten zu vertreiben und zu bekämpfen, dann vertreibt und bekämpft man auch das Leben.« Wieder senkte er seinen Blick. Es schien, als führte er seinen Monolog lautlos weiter – auf das Reden folgte das Schweigen, das wieder neue Worte gebar. Und wieder setzte er fast unvermittelt ein, sprach davon, dass insbesondere jene krank würden, die nicht aufrecht durchs Leben gingen, was allein schon das Wort »krank« nahelege, das »krumm« und »gebeugt« bedeute. Er sprach von der Krankheit als Ausdruck der Vereinzelung des Menschen, jedoch nicht jener Vereinzelung, die heute überhandnehme und Ausdruck einer Entfremdung vom Leben sei, nein, er meine den Umstand, dass der Mensch als Individuum getrennt sei vom Ganzen. Nur das Abgetrennte könne erkranken, nur das Abgetrennte sei sterblich. Das, so fuhr er fort, habe der Mensch auch erkannt, aber er habe die falschen Schlüsse daraus gezogen. Er glaube, er könne dieser Abgetrenntheit dadurch entgehen, indem er sich zu Kollektiven zusammenschliesse. Aber das stelle keine Lösung dar, im Gegenteil ...

»Die Lösung«, sagte er mit einem geheimnisvollen Unterton, »liegt vielmehr in der Erkenntnis, dass wir nicht gänzlich abgetrennt sind vom Ganzen. Der Umstand, dass Wunden gleichsam von selbst wieder heilen, beweist, dass wir mit dem Ganzen verbunden sind – viel mehr verbunden, als wir es uns überhaupt vorstellen können, und es bedeutet – aber das ist ein anderes Thema –, dass wir gerade durch die Verbindung zum Ganzen im Grunde unsterblich sind.«

Regina nickte. Sie sah ein, was der Apotheker sagte, auch wenn das Gespräch für ihr Empfinden eine sonderbare Wendung genommen hatte. Trotzdem liess sie sich darauf ein. »Warum wissen wir bloss so wenig von den hintergründigen Dingen?«, fragte sie.

»Weil wir gar nichts über sie wissen wollen«, entgegnete der Apotheker.

Regina schaute ihn mit grossen Augen an. »Nichts wissen wollen? Zielen denn nicht die meisten Anstrengungen von Wissenschaft und Forschung, vor allem aber die Anstrengungen der Theologie genau auf diese Frage; ist es nicht ein Urtrieb des Menschen, mehr wissen zu wollen?«

»Natürlich«, entgegnete der Apotheker mit fast leidenschaftlicher Hingabe. »Natürlich will der Mensch mehr wissen – er will es jetzt und er wollte es in grauer Vorzeit. Er wollte die Erkenntnis, das war vielleicht sogar sein erstes Wollen überhaupt. – Aber«, hier verlor seine Stimme an Leidenschaft, während gleichzeitig etwas Tragendes in sie einfloss, »aber gerade dieses Streben nach Erkenntnis ist mit einem Bannspruch belegt. Dieser besagt, dass der Mensch ein Vertriebener ist. Er wurde einst aus dem Paradies vertrieben, und er wird es durch die Geburt ebenso wie durch den Tod. Dazwischen steht die Erkenntnis. Sie wird mehr, wenn man die Vertreibungen und somit das innere Wachsen geschehen lässt. Aber wenn man die Vertreibungen umgeht – wenn man sich die Geborgenheit erhalten will, nicht pubertiert und den Tod aus dem Leben verdrängt, dann ist es auch um die Erkenntnis geschehen. Was übrig bleibt, ist das Wissen. Und so wissen wir heute fast alles, aber wir haben das Wesentliche vergessen, wir erkennen die Dinge, erkennen Gott und die Welt nicht mehr.«

Regina hätte darauf gerne etwas erwidern wollen, aber das Thema und die Art und Weise, wie darüber gesprochen wurde, waren so neu für sie, dass sie, was selten geschah, um eine Antwort verlegen war. Sie wollte darüber nachdenken, wollte sich ihre eigenen Gedanken zum Verhältnis von Erkenntnis und Eigenständigkeit machen. Aber das brauchte Zeit.

Wie schon zu Beginn des Gesprächs schien auch jetzt der Apotheker Reginas Gedanken zu erraten. »Ich habe mich viel zu kompliziert ausgedrückt«, sagte er in einem Anflug von Resignation. »Aber wenn man sich andauernd mit komplexen Themen beschäftigt, verliert man das Einfache leicht aus den Augen. In meiner Jugend beispielsweise hat man sich von Physikern erzählt, die sich mit der Relativitätstheorie beschäftigten, gleichzeitig aber am einfachen Einmaleins scheiterten.« Er lachte kurz auf. »Wie sagte einst ein Philosoph?: ›Das Einfache ist entflohen. Seine stille Kraft ist versiegt.‹«

14

Insel

Von neuem setzte nun der Apotheker an. Es war für ihn unmöglich, Regina ziehen zu lassen mit dem Gefühl, sie habe nichts verstanden, weil er sich zu kompliziert ausgedrückt hatte. Doch bevor es soweit war, stürmte der Mann hinaus, kehrte mit Oliven und einer Flasche Wein zurück, nahm zwei staubige Gläser vom Gestell, wischte sie mit einem Tuch aus und schenkte ein. »Der Wein darf nicht fehlen«, sagte er lächelnd. »Das beste Gespräch ist ohne eine Flasche Wein nichts wert. Der Wein bringt erst die richtige Atmosphäre, bringt die Ruhe und setzt gleichzeitig die Gedanken in Gang.« Er prostete Regina zu. »Ein hiesiger Wein«, sagte er anerkennend. »Vom einfachen Bauern, ohne Etikett – ein Wein zum Trinken.« Er nahm einen kräftigen Schluck und schien danach wieder in sich zusammenzusinken, das gehörte anscheinend zur Sammlung. Unvermittelt nahm er dann den Faden wieder auf.

»Jede Entwicklung«, begann er, »setzt beim ›Wir‹ an und führt sodann zum ›Ich‹. Denken Sie etwa an eine alte Stadt mit ihren unzähligen, zusammenstehenden Häusern und leicht erhöht ein einzelnes, prachtvolles Gebäude, das Schloss. Denken Sie an einen Wald mit seinen namenlosen Bäumen, und daneben, auf einem Hügel, eine einzelne Linde, unter der vielleicht Gericht gehalten wird. Denken Sie an die Kinder einer Familie, die man mit ›Du‹ anspricht, und später der Mann und die Frau, die von anderen unterscheidbar, die eigenständig sind. Das ist der Weg der Individualisierung, den der Mensch zu gehen hat und der sich auch in dem, was er erschafft, spiegelt. – Es ist jedoch möglich«, fuhr der Apotheker mit ernster Miene fort, »dass die Individualisierung über das Ziel hinausschiesst oder dass anstelle des Wachsens nur Formen aufgeblasen werden. Dann fällt das Individuum, das zum ›Ich‹ hätte werden sollen, in den Zustand des ›Wir‹ zurück. Dieses ›Wir‹ aber ist nicht mehr jenes, aus dem einst die Entwicklung hervorging, nein, es handelt sich jetzt um ein zerstörtes ›Wir‹. Die Städte, die aus diesem Zurücksinken hervorgehen, sind nichts als eine Ansammlung gesichtsloser, voneinander isolierter Einzelbauten, und der Mensch, der nicht mehr als eigenständige Persönlichkeit in Erscheinung tritt, opfert dadurch auch seine familiäre Bindung: Er steht isoliert da oder ist Teil einer anonymen Masse, die sich von der Werbung, der Industrie und einer Unzahl von Regelungen lenken lässt. – Überlegen sie nur, wie lange der Mensch von der Verwaltung schon als Nummer geführt wird ...«

Regina begann zu begreifen. »Es gibt im Grunde keinen Weg zurück«, resümierte sie. »Würde der Vogel zu seinem Nest, dem er einst entflogen ist, zurückkehren, er fände es leer und wüst – ein paar Federn vielleicht und Reste von Schalen ...«

»Das ist es« sagte der Apotheker anerkennend und nahm einen Schluck Wein. »Es gibt aber noch eine andere Möglichkeit«, fuhr er fort. »Es gibt nämlich jene, die die Entwicklung vom ›Wir‹ zum ›Ich‹ gar nicht erst angehen, die sich ihr verweigern. Sie verbleiben dann in einem ›Wir‹-Stadium, das sich durch die fehlende Entwicklung immer mehr verhärtet. Deutlich wird dies in fundamentalistischen Strömungen, in Ideologien und Kollektiven. Die Auswirkungen dieser beiden Verhaltensweisen sind einander sehr ähnlich. Der Unterschied, ob man ins ›Wir‹ zurückfällt oder sich gar nicht erst aus dem ›Wir‹ erhebt, zeigt sich lediglich an den Vorzeichen. – Das Wesentliche jedoch ist, dass das ›Wir‹ – so oder so – die Welt beherrscht. Und sein Feind ist das Individuum.«

Regina nickte stumm. Irgendwie irritierte es sie, dass auf das skurrile und gleichermassen geistreiche Gespräch vom Vortag, eine fast philosophische Abhandlung getreten war. Aber das war wohl ein Ausdruck von geistiger Wendigkeit.

Unterdessen hatte sich der Apotheker von seinem Sessel erhoben, war zu dem alten Schrank hinübergegangen, der neben der Türe stand, und hatte ihm zwei braune Fläschchen mit Schraubverschluss entnommen. Das eine streckte er Regina hin und sagte, fast etwas geheimnisvoll: »Gold ... bei mangelnder Lebendigkeit und schwachem Gedächtnis.« Das andere Fläschchen hielt er prüfend gegen das Licht und blies dann den Staub von dessen Oberfläche. »Das müsste eigentlich helfen«, meinte er vielsagend. »Stirnkopfschmerz, Vergrösserung der Augen, Ungeduld und Reizbarkeit, das sind genau die Symptome, denen das Mittel entspricht. – Übrigens«, meinte er mit dem Anflug eines Lächelns, »stammt es vom Menschenfloh. ›Pulex irritans‹«, sagte er und fügte an, »kein Wundermittel, und auch keines, das einwandfrei den paracelsischen Grundsätzen entspräche. Aber ich vermute, dass es wirkt.«

15

Festland

»Nah ist
Und schwer zu fassen der Gott ...«

Regina erhob sich unter Schmerzen und tastete sich der Wand entlang. Was hatten diese Verse zu bedeuten? Warum fielen sie ihr gerade jetzt ein? Von Gefahr und Rettung, von der Entführung vom eigenen Haus handelten die Worte. In einem gewissen Sinn entsprachen sie ihrer momentanen Situation. Die Gefahr war vorhanden, die Rettung stand vielleicht bevor. Als Entführte kam sie sich auf jeden Fall vor, auch wenn sich keine Entführer zeigten. Vielleicht konnte man sich ja auch selbst entführen. Und der Genius? War das nicht der persönliche Schutzgeist? War er es, der sie in diese peinliche Situation gebracht hatte? Der Schutzgeist musste ihr doch wohlgesinnt sein. War er das Rettende schlechthin?

Regina versuchte, sich solcher Gedanken zu entledigen. Sie verwirrten sie momentan mehr, als dass sie Klarheit schufen. Zwar entsprang jeder Gedanke einem vermeintlichen Durcheinander, und erst, wenn er diesem Durcheinander entstiegen und ans Licht gelangt war, konnte man von einem klaren Gedanken sprechen. Aber ans Licht gelangte im Moment überhaupt nichts: weder ihre Gedanken noch sie selbst.

Während sie von einem Kellerraum in den nächsten hastete, versuchte sie sich Klarheit darüber zu verschaffen, warum sie sich überhaupt in dieser Unterwelt befand. Suchte sie einfach nur nach Philipp, oder war sie vielmehr der Ursache auf der Spur, die zu dieser menschenleeren Stadt geführt hatte? Hoffte sie, Menschen zu treffen? Und was war mit dem Verfolger, mit dem Klagegesang? Die Dinge kreisten in ihrem Kopf. Sie konnte beim besten Willen nicht sagen, welcher Spur sie folgte und warum sie ihr folgte. Sie ging einfach weiter in der Hoffnung, auf irgendetwas zu stossen, das sie weiter brachte – am liebsten natürlich auf Philipp oder auf irgendeinen Menschen, den sie ansprechen konnte, der mit ihr redete, sie von ihrer Einsamkeit und Ungewissheit befreite.

Plötzlich stand sie wieder vor einer Treppe. Unweigerlich hatte Regina das Gefühl, dass eine Treppe, die nach oben führte, nur Gutes bringen konnte. Vom Bild her mochte das stimmen, und zumindest galt, dass jede Richtungsänderung neue Perspektiven mit sich brachte. Mit frischem Elan stieg Regina die Treppe hinauf. Je höher sie stieg, umso heller wurde es. Und dann war es ihr, als hörte sie Musik. War sie auf einer Engelsleiter? Ein scheues Lächeln legte sich auf ihre Mundwinkel, vor allem aber keimte in ihr Hoffnung auf – Hoffnung auf Menschen und darauf, dass das, was sie bisher erlebt hatte, nur ein böser Traum gewesen war. Ihr Blick war nach oben gerichtet. Und je mehr sie von dem über ihr liegenden Raum wahrnahm, umso grösser wurde die Gewissheit, dass sie unter Lebende geraten würde. An der Decke und an den Wänden, die mit dekorativen Malereien und farbigen Tapeten versehen waren, brannten Leuchter, die ein angenehmes, warmes Licht verströmten. Und die Musik? Wurde dazu getanzt, feierte man ein Fest? Regina schien es so, und sie stürzte richtiggehend hinauf. Der Vorraum, in den sie nun gelangte, war tatsächlich festlich hergerichtet. Vasen mit prächtigem Blumenschmuck standen beidseits der Türen, die in die angrenzenden Räume führten. Eine dieser Türen stand einen Spalt weit offen. Regina warf einen Blick hinein. Champagnerflaschen standen zu Dutzenden auf einem unendlich langen Tisch, ebenso Dosen mit Kaviar, auf Platten angerichteter Hummer, Trockenfleisch, Lachs, auserlesene Früchte, zumeist exotischer Art, in gläsernen Schalen präsentiert, gebratene Wachteln, Enten, Hühner, weisser und roter Wein in Massen ... Regina war überwältigt. Dazu der Tango, der nebenan gespielt wurde. Es musste ein königliches Fest im Gange sein. In Gedanken war Regina bereits am Tanzen, und sicher würde sie auch Philipp unter den Gästen entdecken.

Sie drehte sich um, stellte sich im Vorraum vor einen der raumhohen Spiegel und machte sich, so gut es ging, etwas zurecht. Obwohl sie nicht festlich gekleidet war, schien es ihr, als gäbe sie kein schlechtes Bild ab. Beschwingt von dem Zauber der Festlichkeit brach sie eine der Blüten des Blumenschmucks ab, sog den unwiderstehlichen Duft tief ein und steckte sich die Blume dann ins Haar. Sie sah nun aus wie eines der Mädchen auf den bekannten Südseeinsel-Gemälden. So jedenfalls kam es ihr vor, und sie lächelte dabei. Sie schien nun richtiggehend zu schweben; die Heiterkeit hatte sich ihrer voll und ganz bemächtigt. Doch dann roch sie etwas, das sie irritierte. Es war ein feiner, aber stechender, fast scheusslicher

Geruch, der sich unter den Duft der Blumen gemischt hatte. Schon roch sie nichts mehr. Hatte sie sich das nur vorgestellt? Nein, der Geruch kehrte wieder, jetzt aber heftiger, lähmender als zuvor. Regina schloss ihre Augen. Ihr war es, als läge Verwesungsgeruch in der Luft, als würde hier ein Totenfest gefeiert. Der Geruch kam eindeutig von jenem Raum, in dem die Speisen angerichtet waren. Regina kehrte zurück, riss nun die Türe energisch auf und sah jetzt auf einen Blick, dass hier die Verwesung in vollem Gange war. Vor allem das Fleisch und der Fisch stanken penetrant. Weiss gesäumte grünliche Flecken zeugten von aufkeimendem Schimmelpilz und Maden krochen umher. Entsetzt und angewidert blickte sie auf den Tisch. Und je genauer sie hinsah, umso übler wurde ihr. Regina spürte, wie es sie würgte. Sie sprang in den Vorraum hinaus, stütze sich an der Wand ab und atmete tief durch. Zu dem Ekel gesellten sich nun Wut, Enttäuschung und Resignation. War sie wieder in einem Geisterhaus gelandet? Aber nein, da war doch die Musik. Kurzentschlossen riss sie, von einem Hoffnungsschimmer gedrängt, die am nächsten gelegene Türe auf und stand nun tatsächlich in einem prächtigen Saal. So wie es aussah, sollte hier ein rauschendes Fest gefeiert werden – eine Hochzeit vielleicht oder gar die Ankunft eines Würdenträgers. Dann fiel ihr Blick auf eine Musikanlage. Eine CD lief. Die Taste für das Endlosspiel war gedrückt.

16

Insel

Das Mittel, das Regina vom Apotheker bekommen hatte – »Pulex irritans« – wirkte rasch. Schon zwei Tage später fühlte sie sich wohler. Die Kopfschmerzen hatten schnell nachgelassen und die Gereiztheit war abgeklungen. Das mochte auch mit dem Klima und der Ruhe, die hier herrschten, zusammenhängen, aber allein diesen Umständen war die Besserung wohl nicht zuzuschreiben.

Das Gespräch über die Arbeitsweise und das Denken des Apothekers beschäftigte Regina noch lange. Es war ein vorläufiges Gespräch gewesen. Vieles war angesprochen worden, aber zum Kern der Sache waren sie nicht gänzlich vorgestossen. Die »Quinta essentia« hatten sie bestenfalls gestreift – das war jedoch verglichen mit dem heute üblichen Denken schon sehr viel. Angesprochen worden war vor allem die Entwicklung des Menschen. Dass die verpasste Entwicklung genauso wie jene, die über das Ziel hinausschoss, in einer Knechtschaft oder einer Ideologie endete, war zwar naheliegend, lag aber keineswegs auf der Hand. Regina musste lachen, das klang nach einem Gordischen Knoten. Trotzdem: Naheliegend war es, weil es in sich schlüssig war, auf der Hand lag es indes nicht, weil man es gemeinhin nicht so betrachten wollte. Der Okzident würde sich dagegen verwahren, über das Ziel hinausgeschossen zu sein, und genauso verbat sich der Orient die Unterstellung, sich der Entwicklung verweigert zu haben.

Regina spann solche Gedanken, wenn sie jeweils morgens kurz nach Sonnenaufgang oder abends in der Dämmerung am Strand entlang spazierte. Dieser schmale Streifen, der einmal aus Kies, einmal aus Sand und dann wieder aus schroffem Fels bestand, dieser schmale Streifen, der weder dem Meer noch dem Land zugehörte – oder gehörte er gleichermassen zum Land wie zum Meer? –, er hatte es in sich. Wer sich darauf bewegte, wusste im Moment des Gehens alles vom Meer und ebenso alles vom Land. Hier kam ihr auch der Gedanke, dass es eine Anmassung war, den Menschen als ein Staubkorn inmitten einer unendlichen Wüste oder eines unendlichen Alls zu betrachten. Wer das behauptete, ermass die Grösse der Schöpfung nicht, achtete sie zu gering – er erkannte den unbezifferbaren, individuellen Wert des Lebens nicht. Ein wirklich religiöser Mensch – und sie meinte damit keinesfalls die Kirchgänger – ein wirklich religiöser Mensch also musste den Menschen und das Leben an sich als das Höchste ansehen. Sie dachte auch an die Ebenbildlichkeit, von der das Alte Testament sprach und daran, dass man sich kein Bild machen sollte. Der Mensch als Ebenbild Gottes, das war ein unfassbarer Gedanke – so unfassbar und gross, dass man sich davon selbstverständlich kein Bild machen durfte. Würde man es trotzdem tun, führte es einen unweigerlich in die Überheblichkeit, führte einen letztlich gerade von dem Weg weg, dem man auf der Spur war.

Manchmal schien es Regina, wenn sie bei einbrechender Nacht dem Strand entlang ging und das Firmament betrachtete, als ob für jeden Menschen der lebte, der schon gelebt hatte und der noch leben würde, ein Stern am Himmel leuchtete. Es waren unzählige Sterne, und es würde bestimmt nicht auffallen, wenn einer von ihnen nicht mehr leuchtete. Andererseits aber war es Regina, als würde das ganze Universum zusammenbrechen, wenn man nur einen dieser Sterne entfernte. Eine Landschaft kam ihr dabei in den Sinn, ein Gefüge aus Pflanzen, Tieren und Menschen. Rottete man nur eines dieser Elemente aus, so geriet das Ganze aus den Fugen – unmerklich zunächst, aber letztlich mit tödlicher Konsequenz.

Manchmal ging sie auch mit Philipp zusammen an den Strand. Und oft gerieten sie in einen richtigen Eifer, wenn sie das Strandgut sammelten: Hölzer, die angespült worden waren, Teile von Fischernetzen, besondere Steine, Muscheln, Seesterne und vieles, was sich nicht mehr identifizieren liess. Aus diesen Dingen fertigten sie dann kuriose Gebilde. Sie steckten die Hölzer in den Sand und dekorierten sie mit dem Strandgut. So entstanden jeweils Dutzende von originalen »Kunstwerken«. Sie waren aus jenem Material gebaut, das der grosse Fisch ausgespuckt hatte. In ihnen steckte alles vom Meer und ebenso alles vom Strand. Und weil das so war, waren sie jeweils am nächsten Morgen wieder verschwunden. Das Meer hatte sich das seine zurückgeholt, oder vielleicht auch das Land oder gar der Himmel, der hier aus einer Mischung von Land und Meer bestand.

Abends sassen sie gelegentlich zum Musizieren zusammen. Philipp spielte auf einer alten Gitarre, die er unverhofft oben auf dem Dachboden gefunden hatte.

Regina sang dazu, und manchmal, wenn es sich einrichten liess, kam der Apotheker mit seinem Salterio, einer Art Hackbrett, und einem Bund Noten herüber. Dann übten sie gemeinsam einfache Stücke ein, zumeist Volkslieder, die man auf der Insel schon seit Generationen kannte. Oft kam es vor, dass sie bis weit nach Mitternacht spielten und dann überrascht waren, dass es schon so spät war. Philipp holte dann jeweils noch eine Flasche Wein aus der Küche und man prostete sich im stillen Einverständnis zu. Die Gespräche, die geführt wurden, waren oft heiter, manchmal auch tiefgründig. Widersprüche wurden dabei nicht ausgeklammert. Das nahm der Runde den Anschein der oberflächlichen Einigkeit – man redete nicht einfach, man sprach miteinander.

17

Insel

In einer Vollmondnacht, als sie wieder einmal zum Musizieren zusammensassen, schlug Regina vor, man könne noch ein Bad im Meer nehmen. Philipp und der Apotheker waren nach anfänglichem Zögern einverstanden, und so begab man sich gemeinsam zum Strand, der weiss leuchtete und dem gleichsam eine silberne Scheibe vorgelagert war, die glitzerte und schimmerte, wie die weit ausgespannte Haut eines Reptils. Wenn man hier eintauche, meinte Regina, tauche man als silberner Mensch wieder auf. Das Silber werde man nicht wieder abwaschen können, es bleibe an einem kleben, aber sobald die Sonne aufsteige, sei es nicht mehr sichtbar. In der Nacht und an dunklen Tagen aber, werde ein Schimmer auf der Haut deutlich, der einen an das Silber erinnere. Philipp lachte. Sie habe eine unbändige Phantasie, sagte er zu Regina und gab dem Apotheker darauf ein paar Kostproben. Dieser fand Reginas Gedanken gar nicht so abwegig, und als sie an den Ort kamen, an dem Regina und Philipp am Nachmittag ihre Stelen aus Strandgut errichtet hatten, musste er schmunzeln. Er meinte, nachdem er die Kunstwerke betrachtet hatte, dass sie wohl beide ein gehöriges Mass an Phantasie besässen. »Mit Phantasie und Humor«, sagte er, während sie den Strandspaziergang fortsetzten, »kommt man wahrscheinlich am besten durchs Leben.«

Die Worte des Apothekers gingen Regina noch durch den Kopf, als sie schon weit draussen schwamm – immer der silbernen Mitte entgegen, die sich, je näher sie ihr kam, umso weiter hinausschob. Gleichzeitig aber fühlte sie sich in Silber getaucht, ohne dass sie an der Quelle des Überflusses sass. Auch das, so fand sie, war ein schönes Gleichnis. Gleichsam schwerelos trieb sie dahin. Die beiden Männer am Strand, die sie, wenn sie zurückblickte, nur noch undeutlich erkennen konnte, winkten ihr zu. Sie deutete es als ein freundschaftliches Winken. Erst später, fast zu spät, erkannte sie, dass die Bewegungen warnender Art waren. Sie merkte es, als die Gestalten immer mehr nach links wegglitten, während sie sich überhaupt nicht willentlich fortbewegte. Was hatte das zu bedeuten? Als sie es begriff, fühlte sie sich wie gelähmt. Es war ihr, als wäre sie nun unfähig, sich überhaupt über Wasser halten zu können. Trotzdem gelang es ihr, sich mit entfesselter Kraft gegen die Strömung zu stellen. Die Angst, das war ihr klar, würde sie in die Tiefe ziehen. Sie musste schwimmen, kräftig, gleichmässig, ohne Hast und von der Gewissheit geleitet, dass sie es schaffen würde. Auf die Männer am Strand achtete sie nun nicht mehr. Ihr Blick galt allein dem Ufer, das nach wie vor sichtbar war. Näher allerdings war es nicht gerückt. Immerhin war es noch sichtbar. Das gab ihr Zuversicht. Die Schwimmbewegungen wurden nun mechanisch. Es war ihr, als dämmerte sie vor sich hin, während es mit ihr schwamm. Die Klippen in unendlicher Entfernung leuchteten silbern. Dann, als sie sich schon in einem Traum wiegte, spürte sie, dass das Wasser etwas wärmer wurde. Was hatte das zu bedeuten, war alles schon zu spät? Sie wusste nun nicht mehr, was sie tat, und als sie Boden unter den Füssen spürte, war alle Kraft, die sie bisher getragen hatte, wie weggeblasen. Sie tauchte unter, schluckte Wasser, konnte dem Element nichts mehr entgegenhalten. Wie von ferne nahm sie noch wahr, wie starke Hände sie umklammerten und nach oben zogen. Danach wusste sie nichts mehr. Als sie wieder zu sich kam, lag sie am Strand, neben sich Philipp und der Apotheker. Sie schloss die Augen gleich wieder. Ihr war kalt. Dann jedoch schlug sie die Augen wieder auf und versuchte sich zu erheben. Es gelang. Fröstelnd und wortlos sass sie nun da und blickte auf das Silber hinaus, das nun plötzlich einer anderen Welt anzugehören schien.

Später, im Haus, als sie in Decken gehüllt vor dem Kamin sass, klärte sie der Apotheker, nicht ohne sich selber Vorwürfe zu machen, über die Gefahren der Strömung auf. Hundert Meter könne man problemlos hinausschwimmen, aber dann werde es gefährlich – lebensgefährlich. Jedes Jahr komme es zu tragischen Unfällen. Auf die Frage, ob sie die Hinweisschilder nie gesehen habe, schüttelte Regina den Kopf. Sie waren ihr tatsächlich nie aufgefallen. Philipp brachte nun drei grosse Tassen mit herrlich duftendem Glühwein. Bald ergab sich eine wohlige Atmosphäre. Regina spürte, wie sie ruhiger wurde und das Zittern nachliess, das sie vor allem innerlich verspürte.

»Es sind immer die Übergänge«, sagte Regina nach langem Schweigen. »Im Übergang entscheidet sich alles – am Strand entscheidet man sich entweder für das Wasser oder für das Land. Am Strand selbst ist man nur vorübergehend, hier verweilt man nicht.«

»Das ist schon fast theologisch gesprochen«, meinte der Apotheker und lenkte über zur Musik. »Auch hier sind die Übergänge gleichermassen entscheidend wie schwierig. Und dann natürlich das Leben selbst: Sind nicht Geburt und Tod die grossen Übergänge?«

»Gewiss«, meinte Regina. »Sie, das heisst die Übergänge, sind entscheidend und wohl auch prägend für das, was darauf folgt.«

18

Festland

Regina starrte auf den CD-Player. Ihr Blick fixierte das Gerät – oder fixierte das Gerät sie? Sie wusste es nicht, hörte nur den Tango wie von ferne und sah im Display übergross den Ausschlag einer farbigen Nadel. Dann, nachdem sie sich hatte losreissen können, schaute sie sich in dem Saal um. Der Tisch war gedeckt. Aber es war nicht einfach ein Tisch, es war ein Bankett für mindestens fünfzig Leute. Alles war üppig hergerichtet, die Servietten kunstvoll drapiert, drei Gläser pro Gedeck, eine Menge Besteck, Tischkärtchen und auch hier opulenter Blumenschmuck. Regina war es, als sei das Fest bereits in vollem Gang. Kellner eilten durch den Raum mit beladenen Tabletts, Gäste in ihren feinsten Garderoben warteten im Gespräch vertieft auf das Diner. Unwillkürlich und wie von ferner Hand gelenkt, zog sie einen der Stühle vom Tisch weg, warf einen fragenden Blick zu den Nachbarn zur Linken und zur Rechten und nahm, nachdem diese schweigend ihr Einverständnis gegeben hatten, Platz. Einer Karte, die jedem Gedeck beigelegt war, entnahm sie das Menü, das in sieben Gängen serviert werden würde. Dazu die auserlesenen Weine, die sie bereits im Nebenraum gesehen hatte. Regina faltete die Serviette behutsam auseinander und legte sie auf ihren Schoss. Sobald sich ein Kellner sich ihr zuwendete, bestellte sie einen Aperitif. Während sie auf das Getränk wartete, studierte sie nochmals die Karte und begann dann ein flüchtiges Gespräch mit einem ihrer Nachbarn. Nach und nach wurden nun die verschiedenen Gänge serviert, Wein wurde kredenzt, zuerst weisser zur Vorspeise und danach verschiedene rote zu den Hauptspeisen.

Mit jedem neuen Gang wurden die Gespräche ausgelassener, die Förmlichkeiten entfielen, ab und zu wurde man sogar etwas vulgär. Dazu spielten jetzt Musiker unablässig Tango. Aber es war kein monotones Spiel. Es lag etwas Prickelndes in den Tönen, und es war, als strebte das Spiel einem Höhepunkt zu. Als das Dessert serviert wurde, wurden sanftere Töne angeschlagen und auch die Gespräche flachten etwas ab – man nickte einander bisweilen in stillem, von einem vielsagenden Lächeln begleiteten Einverständnis zu. Aber kaum war der Nachtisch beendet, wurden Liköre und Weinbrände gereicht. Zigarren wurden angeboten und die Musik steigerte nochmals ihre Intensität. Vereinzelt standen nun Leute auf und begannen spontan zu tanzen. Auch Regina hielt es nicht mehr länger auf ihrem Stuhl. Sie erhob sich und forderte ihren Nachbarn zur Linken zum Tanz. Wie berauscht bewegten sie sich zu dem Rhythmus, den die Musiker auf dem Podest vorgaben. Zwischendurch kam Regina kurz an den Tisch zurück, schenkte sich einen klaren Weinbrand ein, leerte das Glas in einem Zug und kehrte dann beschwingt zu ihrem Tanzpartner zurück. Zwischendurch hatte sie auch ein paar Pillen genommen, die man ihr angeboten hatte. Hier musste alles probiert, musste alles ausgekostet werden. Reginas Tanz wurde nun zum bewegten Flirt, auf den bald eindeutige Gesten folgten. Die Musik wurde lauter, verzerrter auch. Regina hatte sich auf eine Couch in der Ecke gesetzt. Ihr Tanzpartner setzte sich zu ihr und öffnete fordernd ihre Bluse. Darauf raffte er ihren Rock und legte sich über sie. Sie stöhnte, jedoch nicht vor Erregung, sondern vor Schmerz. Die Dinge um sie herum begannen nun zu kreisen, während sie selbst nur willenlos dalag und nicht mehr wusste, wie ihr geschah. Die Musik dröhnte nun und mündete in einem gleichförmigen, schrillen Lärm. Plötzlich schrie Regina laut auf.

Für Sekunden lag sie mit weit geöffneten Augen und starrem Blick da. Dann war der Spuk vorbei. Die CD lief noch immer, derselbe Tango wie schon zu Beginn. Der Tisch war nach wie vor schön gedeckt, nur die Blumen hatten zu welken begonnen. Regina selbst lag auf der Couch mit halb geöffneter Bluse. Wie das alles gekommen war, konnte sie nicht sagen. Sie musste in einen Wahn geraten sein. Sie ordnete umständlich und so gut es ging ihre Kleider und setzte sich aufrecht hin. Da nahm sie den Geruch wahr, der nun vom Nebenraum in den Saal gedrungen war. Es stank bestialisch. Regina hielt sich ein Taschentuch vor die Nase. Aber das nützte nicht viel. Sie sank wieder zurück und Tränen quollen aus ihren Augen.

Es dauerte einige Zeit, bis sie genug Kräfte gesammelt hatte, um klar zu denken. Während die Tränen geflossen waren, hatte sie vieles, was sie bedrückte, einfach ausblenden können. Das milderte den Schmerz, so wie jede verengte Sicht den Schmerz relativierte. Nun aber wurde ihr ihr Alleinsein deutlich. Sie sah nicht nur, dass sie alleine war, sie spürte das Alleinsein vielmehr körperlich. Das war vielleicht der grösste

Schmerz. Mit neu erwachtem Mut erhob sie sich und schritt zur Glastüre gegenüber, die nach draussen führen musste. Angst empfand sie im Moment keine mehr. An deren Stelle war so etwas wie Demut getreten – Demut vor etwas Grossem, Unbeschreiblichem, vielleicht vor jenem versöhnenden Satz, der mit der zunehmenden Gefahr das Rettende heraufbeschwor.

19

Insel

Während einem der unzähligen Strandspaziergänge fiel Regina, als sie nach einem Taschentuch griff, ein Zettel aus der Tasche. Sie bückte sich, hob das Papier vom Boden auf und faltete es auseinander. »Wenn die Vögel sterben, ziehen sich auch die Engel zurück«, las sie. Jetzt erinnerte sie sich wieder. Sie hatte den Satz in einer der ersten Nächte, die sie auf der Insel verbrachte hatte, aufgeschrieben. Deutlich sah sie jetzt den toten Vogel am Strand wieder vor sich. Es war ein sonderbarer Anblick gewesen. Das Tier hatte so unnatürlich und mit aufgeplatztem Bauch dagelegen. Regina versuchte, das Bild wegzuschieben, aber es wollte ihr nicht gelingen. Sah sie eine Möwe, von denen es hier bisweilen wimmelte, oder nahm sie nur schon das Kreischen einer dieser Vögel wahr, sah sie sofort wieder das tote Tier vor sich. Damals hatte sie sich überlegt, ob wohl ein Kampf mit einem anderen Vogel stattgefunden hatte oder ob ein anderes Tier, eine Katze oder ein Hund, die Möwe so hergerichtet hatte. Vielleicht auch ein Schütze, ein Kind mit einem Luftgewehr oder einer Schleuder. Schliesslich hatte sie all diese Möglichkeiten wieder verworfen. Das Tier war nicht getötet worden, es war verendet. Das war ihre feste Überzeugung. Aber verendet woran? Würde sie heute einen ähnlichen Fund machen, sie brächte ihn unverzüglich zum Apotheker. Damals aber hatte sie den Apotheker noch nicht gekannt.

Regina ging weiter. Der Wind frischte auf. Der Himmel war milchig-weiss, während das Meer aus einer bewegten grauen Fläche mit schwarzen und weissen Schlieren bestand. Die Möwen lagen sicher in der Luft, wenngleich man das Gefühl hatte, der Wind mache mit ihnen, was er wolle. Aber nein, der Flug der Tiere war präzise; sie gingen mit den Böen um wie ein Mensch, der sich dem Tanz verschrieben hatte und sich leichtfüssig auf dem Parkett bewegte. Jedes Wesen hatte sein Element, in dem es sich mühelos und wie selbstverständlich zurechtfand. »Ausser den Engeln«, sagte Regina halblaut vor sich hin und dachte daran, dass sich die zeit- und somit auch raumlosen Wesen wohl in jedem Element zurechtfanden. Sie hielt inne. Hatte sie eben »Engel« gesagt? Aber ja, das Wort hatte doch auf dem Zettel gestanden, der ihr eben aus der Tasche gefallen war. Wieder nahm sie ihn hervor und las den Satz noch einmal. Dass sie so etwas hatte schreiben können? Sie hatte doch gar keinen Bezug zu Engeln. Ob der Apotheker etwas zu Engeln zu sagen vermochte? Immerhin war er gebildet, und er war vom alten Schlag. Einen heutigen Gebildeten hätte sie nicht danach fragen müssen.

Regina beschloss, die Frage vorerst für sich zu behalten. Vielleicht gelangte sie ja selber zu einer Einsicht. Was sie den Apotheker aber fragen wollte, war, ob er sich mit Möwen auskannte. Wenn dem so wäre, könnte er ihr bestimmt auch etwas über die Todesursache des Tieres sagen.

Das Wasser hatte nun ganz die Farbe des Himmels angenommen. Der Wind wurde stärker und trieb eine Art Sprühregen zum Strand hin. Regina wurde kalt. Sie schlug den Kragen ihres Sommermantels hoch und beeilte sich, weiterzukommen. Den Blick hatte sie dabei auf den Boden gerichtet. So konnte ihr der Wind am wenigsten anhaben.

Als sie zwischendurch einmal aufschaute, sah sie in einiger Entfernung eine Kapelle, die sich nur undeutlich von der Klippe abzeichnete, auf der sie thronte. Regina fühlte sich von dem Gebäude angezogen. Es verhiess Schutz vor dem Wetter, das war die praktische Seite, und es lud zur stillen Einkehr. Danach war ihr jetzt zumute.

Kurz darauf stand sie vor einer schweren hölzernen Türe, die sich jedoch leicht öffnen liess. Der Raum, den sie nun betrat, war kaum grösser als ein Wohnzimmer. Die Wände waren, im Gegensatz zu den Aussenmauern, die aus rohem Stein bestanden, verputzt und weiss getüncht. Ein paar einfache Bänke waren gegen einen Altar gerichtet, der lediglich aus einem behauenen Steinblock bestand. Von der Decke hingen Seile, mit denen wohl die Glocke geläutet werden konnte. Im hinteren Teil, über dem Eingang, schwebte eine kleine Empore, die man nur von aussen, über Steinstufen, die in der Wand eingelassen waren, erreichen konnte. Durch die wenigen schlitzartigen Fenster drang ein fahles Licht in den Raum. Alles wirkte so etwas düster, aber nicht unbehaglich. In einer Nische brannte eine Kerze, wohl das ewige Licht. Regina betrachtete es schweigend; es war wohltuend, das Zeichen des Ewigen im Zeitlichen wahrzunehmen.

Als sie sich umdrehte, fiel ihr Blick auf Fresken, die sich auf beiden Seitenwänden hinzogen. Die Motive waren nur undeutlich zu erkennen. Das lag am geringen Licht, aber auch daran, dass die Bilder teilweise verblichen waren. Die Spuren der Zeit hatten am Zeitlosen gekratzt, ging es Regina durch den Sinn, als sie die Fragmente biblischen Geschehens näher betrachtete. Dann fiel ihr Blick auf den Engel. Es war der Verkündigungsengel, über dem eine Taube schwebte: der Heilige Geist. Der Engel selbst war durchaus Mensch. Aber gleichzeitig war er ein Wesen aus einer anderen Welt. Das war deutlich zu erkennen – nicht an den Flügeln, diese wirkten aufgesetzt, sondern an dem Lächeln. Das unscheinbare, aber alles sagende Lächeln kündete von etwas Grossem, von einer Welt, die keinen Schmerz und keine Vergänglichkeit kannte.

Und dann war da wieder dieser Satz, den sie nach dem Erlebnis mit der Möwe auf den Zettel geschrieben hatte. Die Worte stellten sich gleichsam zwischen sie und den Engel, und auch wenn sie es sich nicht erklären konnte, so wusste sie doch und zwar jetzt, in diesem Moment, dass es damit seine Richtigkeit hatte: Wo Vögel verendeten, war nirgends mehr ein Himmel. Noch lange blieb ihr Blick an dem Engel haften. Alles an ihm war durchaus irdisch; er war schön, aber nicht über alle Massen, er war lieblich, aber auch Furcht einflössend, er war gütig, aber auch streng. Er, so schien es Regina, musste sich nicht an das grosse Gesetz halten, aber gerade deswegen hielt er sich bedingungslos daran. Er war menschlich und ging gleichzeitig weit darüber hinaus. In einem kurzen Moment glaubte Regina zu verstehen, was mit der Ebenbildlichkeit gemeint war, von der die Heilige Schrift sprach. Und diesen Moment wollte sie sich bewahren.

20

Insel

Der Engel in der Kirche ging ihr lange nicht mehr aus dem Kopf. Gerade der Umstand, dass er so wenig einem Engel geglichen hatte, oder zumindest nicht der Vorstellung entsprach, die man gemeinhin von Engeln hatte, war das Besondere. Der Engel war Mensch und zeitloses Wesen in einem.

An einem der folgenden Abende fand Regina im Bücherschrank ihres Hauses eine Schrift über mesopotamische und ägyptische Kunst. Das war nicht weiter verwunderlich, denn der Hausbesitzer war ein bekennender Kunstliebhaber. Sie war jedoch einigermassen überrascht, als sie in dem Bildband Abbildungen von Engeln fand. Bisher war sie der Meinung gewesen, dass von Engeln nur im Christentum berichtet würde. Vielleicht war auch im Alten Testament von ihnen die Rede, bei der Vertreibung aus dem Paradies etwa, aber das wusste sie nicht mit Sicherheit, denn sie war keineswegs bibelfest. Nun aber hatte sie den Beweis gefunden, dass Engel auch in anderen Kulturen eine Rolle spielten, dass sie sich nicht an eine Religion hielten. Erste Engelsdarstellungen, so las sie, fanden sich um 2250 vor Christus. Gut, aber was war mit der Zeit davor? Gab es davon einfach keine Überlieferungen, oder wandelte sich gar mit der Zeit das Bild der Engel? Auch auf diese Frage fand sie in dem Buch eine Antwort: »Während der Sarkophag der Pharaonin Hatschepsut um 1450 vor Christus auf der Stirnseite noch einen Engel ohne Flügel zeigte, trug der Sarg des Pharaos Tutanchamun schon mehrere Darstellungen von Engeln mit ausgebreiteten Flügeln ...« Das war es. Regina war ganz ausser sich und unterbrach Philipp, der neben dem Kamin über einem Inselführer sass, bei seiner Lektüre. »Stell dir vor«, sagte sie ganz erregt, »in den frühen Darstellungen haben die Engel keine Flügel.«

Philipp schaute verwundert auf, winkte jedoch nach kurzem Überlegen ab: »Und was heisst das?«, meinte er. »Vielleicht sind die Flügel einfach nicht sichtbar, sie verschwinden hinter dem Körper oder dem Bildhauer waren schlichtweg andere Dinge wichtig. So wie es Engel mit grossen, ausgespannten Flügeln gibt und solche mit Flügelchen, die man kaum sieht, kann es doch auch Engel geben, die ihre Flügel im Ruhezustand an den Körper schmiegen, so dass man gar nicht auf sie aufmerksam wird. Einem sitzenden oder stehenden Vogel sieht man ja auch nicht an, dass er Flügel hat.«

Regina fühlte sich missverstanden. »Wenn es aber so ist«, doppelte sie nach, »dass diese frühen Engel gar keine Flügel hatten, dann waren sie Wesen wie wir. Dann gingen Engel unter uns, ganz selbstverständlich, dann waren Himmel und Erde noch nicht so sehr getrennt. Flügel dürften demnach erst dazu gekommen sein, als die Menschen den Kontakt zu den Engeln zu verlieren begannen, als sie sich die Engel vorstellen mussten.«

Philipp lächelte: »Ist das nicht etwas zu esoterisch gedacht ...? Aber gut«, meinte er nach einer kurzen Pause, »vielleicht hast du recht, vielleicht waren am Anfang der Zeiten die Dinge ganz nah am Ursprünglichen.«

Regina gab sich damit zufrieden. Und auch Philipp war froh, sich so elegant aus dem Gespräch ausgeklinkt zu haben. Engel waren nicht sein Thema. Aber an Reginas Überlegungen war etwas dran, das spürte er wohl.

Regina war mittlerweile ganz fasziniert von dem Thema. Zu ihrer Überraschung fand sie noch weitere Schriften in dem Schrank, die sich mit religiösen Darstellungen beschäftigten. Darunter war auch ein kleines Büchlein über Genien. Dass damit bestimmte Engel gemeint waren, war ihr neu. Ihr war bei dem Wort immer nur ein Mensch mit ausserordentlichen Fähigkeiten und Ideen in den Sinn gekommen, und sie hatte dabei jeweils an die grossen Erfinder der Neuzeit gedacht. Das war auch die Volksmeinung, und sie schloss sich ihrer an, obwohl sie von den meisten Erfindungen – zumal jenen, die technischer Art waren – nicht besonders viel hielt. Jetzt aber las sie, dass der Begriff »Genie« mit »Erzeuger« identisch war und dass die Genien als Schutzgottheiten angesehen wurden, später auch als Anlage und Begabung einer Person. Dieser Erläuterung war eine Schwarzweissaufnahme beigelegt, die auf assyrische Steinplatten gemeisselte Genien darstellte. Und diese Genien waren nichts anderes als Engel. Das bedeutete, dass das Geniale eines Menschen diesem von den Engeln zugetragen wurde. Der Mensch war nicht aus sich selbst genial, sondern nur indem er das Geniale, das ihm zustand, auch zuliess. Liess er es zu, so verstärkte sich auch sein Schutz. Er gab sich damit in die Hand seines Schutzengels, der sich darum kümmerte, dass er, der Mensch, unversehrt blieb. Wandte man sich hingegen von seinem Schutzengel ab, so musste man sich auf andere Art versichern. Aber diese Versicherungen konnten nicht halten, was sie versprachen. Sie konnten nur locken, versprechen und trügen. Und solche Menschen konnten auch nicht genial sein, sondern sich bestenfalls viel Wissen aneignen und durch dieses Wissen Macht erlangen.

Regina ging noch so manches durch den Kopf. Sie machte sich auch entsprechende Notizen: Das Thema sollte ausgeführt werden. Als sie wiederum Philipp darauf ansprechen wollte, stellte sie fest, dass der Stuhl neben dem Kamin verlassen da stand. Philipp musste zu Bett gegangen sein, und sicherlich hatte er ihr auch eine gute Nacht gewünscht. Aber davon hatte sie nichts bemerkt. Sie war, wie bisweilen Kinder in ihr Spiel, in ihr Thema vertieft gewesen. Nachdenklich lehnte sie sich zurück. Der Mond stand im Fenster. Er war so schmal wie das Blatt einer Sense. Was er wohl im Schilde führte? – Ach ja, der Vogel. Sie sah ihn wieder vor sich, wie er so unnatürlich dagelegen hatte. Sie musste dem Apotheker unbedingt davon erzählen.

21

Festland

Regina stand unter einem schwarzen, sternenlosen Himmel. Und so wie sich ihr das Licht von oben verweigerte, so verweigerte es sich auch in ihr drin. Sie fühlte sich dumpf und verlassen. Traurig war sie, unendlich traurig. Trotzdem fühlte sie, dass gleichzeitig Kraft in ihr war. Es mochte nur ein Funken sein, aber dieser Funken konnte ein ganzes Feuer entfachen. Das spürte sie, auch wenn sie vom Feuer noch Welten trennten. An Dante musste sie denken, wie er mit Vergil die Unterwelten durchmass. So kam sie sich auch vor: Auf eine Pein folgte die nächste, und nichts verhiess Hoffnung. Der Unterschied allerdings war, dass sie diese Welten ohne einen Führer wie Vergil betrat. Sie war ganz auf sich alleine gestellt.

In manchen Häusern brannte Licht, und es wirkte von ihrem Platz aus als wäre alles in Ordnung, als nähme das Leben jetzt nach Sonnenuntergang hinter den Fenstern seinen gewohnten Lauf. So sah es auch aus, wenn die Familien in ihren Wohnzimmern sassen und das Abendprogramm im Fernseher schauten, wenn Kinder in ihren Zimmern noch die Nachttischlampe brennen hatten, um ohne Wissen der Eltern in einem spannenden Buch zu lesen, wenn abendliche Vereinssitzungen und Volkshochschulkurse abgehalten wurden, wenn in den Restaurants zu Abend gegessen und in den Bars die ersten Getränke im Stehen eingenommen wurden. Jetzt aber war alles nur Fassade. Die Häuser waren allesamt leer, und sie mussten von einem Moment auf den anderen verlassen worden sein. Regina liess ihren Blick ungläubig den Häuserfronten entlang streifen. Sie konnte es immer noch nicht fassen. Sie dachte an ein potemkinsches Dorf, an eine Kulissenstadt, wie sie für den Film errichtet wurde, und dann erwog sie, ob vielleicht in der Nähe Gold oder sonst ein Schatz gefunden worden war und es sich hier um eine eigentliche Goldgräberstadt handelte. Die magische Wirkung des Goldes liess wohl zu keiner Zeit nach, auch wenn sich das, was für Gold angesehen wurde, mit dem gesellschaftlichen Wandel veränderte. Dann dachte sie daran, dass die alten Häuserzeilen der historischen Städte in den Tourismusprospekten schon lange als Kulissen für das öffentliche Leben bezeichnet wurden – als schmucke und anmutige Kulissen zwar – aber eben nur als Kulissen. Vielleicht waren die Häuser jetzt zu dem geworden – sozusagen unter dem Druck der öffentlichen Meinung.

Regina war kalt. Wo sollte sie hin, wo sollte sie die Nacht verbringen? Daran hatte sie noch gar nicht gedacht. Während sie sich umsah, entdeckte sie am oberen Ende des Platzes eine kleine Kirche. Der massive Baukörper mit seinen kunstvollen, aber spärlichen Öffnungen wurde von einer Strassenlampe notdürftig erhellt. Vielleicht wäre das eine Möglichkeit, dachte sie. Nicht, dass sie auf eine Übernachtung in der Kirche spekulierte, das fiel ihr gar nicht ein, aber Kirchen boten seit jeher Verfolgten Asyl. Vielleicht hatte sich ja jemand vor dem Unheil, das anscheinend über die Stadt hereingebrochen war, in die Kirche geflüchtet.

Regina schritt über den Platz, auf das Gebäude zu. Da bei den Häusern, die den Platz flankierten, nirgends die Vorhänge gezogen waren, konnte sie, sofern Licht brannte, Einblick in die dahinter liegenden Räume nehmen. Während sie ging, schritt sie so sozusagen von Milieu zu Milieu. Mal blickte sie in ein üppig ausgestattetes Wohnzimmer, mal in einen modernen, aber kühl wirkenden Salon, dann wieder in ein karg eingerichtetes Studio. Was aber immer fehlte, waren die Bewohner. Als sie bei der Kirche anlangte, kostete es sie ein wenig Überwindung, die Türe zu öffnen. Hatte sie Angst oder ahnte sie, dass sie hier dem Geheimnis näher kommen sollte? Sie wusste es nicht, aber es kam ihr vor, als würde eine verborgene Stimme hinter ihr, die bisher immer nur kalt und kälter gesagt hatte, auf einmal warm oder sogar heiss sagen. Dann trat sie ein. Sie kam in einen hoch gewölbten, düsteren, aber nicht unfreundlichen Raum, der nur durch ein paar Kerzen, die vorne beim Altar standen, erhellt wurde. Gross war der Raum nicht. Aber da es ganz fein nach Weihrauch roch, fühlte sich Regina irgendwie geborgen. Der Duft war ihr seit ihrer frühen Kindheit vertraut. Während sie sich unter die Kuppel stellte und ihren Blick prüfend im Kreis schweifen liess, war es ihr, als vernähme sie den Klagegesang wieder. Sicher war sie sich jedoch nicht, denn das, was sie zu hören glaubte, kam von weit her. Es fiel ihr jedoch sofort auf, weil sie draussen auf dem Platz das Klagen nicht mehr vernommen hatte. Auf leisen Sohlen bewegte sie sich nun in der Kirche. Eine natürliche Ehrfurcht gebot ihr, leise zu sein. Auch wäre es ihr nicht möglich gewesen, nur leicht bekleidet oder ohne Bekreuzigung – gegebenenfalls mit Weihwasser – eine Kirche zu betreten.

Vor dem Gemälde eines Engels blieb sie stehen. Das geflügelte Wesen kam ihr irgendwie bekannt vor. War es vielleicht in einem der Bücher, die sie drüben auf der Insel studiert hatte, abgebildet? Schon möglich. Auffallend war jedenfalls, dass dieser Engel nichts Transzendentes an sich hatte. Das Heilige war ihm beigegeben: Genauso wie die Flügel aufgesetzt waren, wirkte die Wolke, aus der er hervortrat, reichlich unnatürlich. Und trotzdem: Der Engel war auf unerklärliche Weise von dem gehalten, was ihn umgab. Es war wie bei einem schwachen Menschen, der in Gesellschaft, nicht starker oder guter, sondern gütiger Menschen aufblühte – wie bei einem Dichter, der aus dem Wald seine Kraft bezog. Diese Feststellung gab Regina Mut.

Während sie noch andere Gemälde flüchtig betrachtete, wurde der Klagegesang deutlicher. Er schien von unten heraufzudringen. Hier in der Kirche bekam er eine feierliche Note. Regina blickte sich um. Seitlich des Altars, neben einer Säule, führte eine Treppe in die Tiefe.

22

Festland

Wieder stieg sie hinab, und auch diesmal war die Erwartung gross. Dass ihr ein ähnliches Debakel bevorstehen könnte wie bei ihrem letzten Gang in die Tiefe, daran dachte sie nicht. Die Treppe führte in einen schmalen, gewölbten Gang, dessen Wände aus rohen Steinen bestanden und der schon bald in einen niedrigen, hallenartigen Raum einmündete. Eine Menge von Säulen stützte eine zerklüftete Decke, die bedrohlich weit herabreichte. An manchen Säulen waren Kerzen angebracht. Sie erhellten den gleichsam erstarrten Raum notdürftig und verliehen ihm durch ihr gelegentliches Flackern zugleich etwas Lebendiges. Dass sie in eine Krypta hinabgestiegen war, erkannte Regina wohl. Angst hatte sie keine. Furcht vielleicht – die Furcht vor etwas Grossem, Unbewältigbarem. Es kam ihr vor, als befände sie sich nicht in einer christlichen Grabstätte, sondern vielmehr in einem Vorraum eines Tempels aus Tausendundeiner Nacht.

Auch hier unten stach ihr der Duft von Weihrauch in die Nase. Sie sah sich weiter um, aber sie konnte keine dieser silbernen Schalen oder Gefässe entdekken, aus denen der Rauch gemeinhin quoll. Dafür fiel ihr Blick auf einen Altar. Er bestand aus nichts als einem Steinquader, und es machte den Anschein, als hätte sich der Stein einfach nur vom Fussboden gelöst, als wäre er vom Druck des Bodens nach oben geschoben worden. Auf dem Altar lag eine aufgeschlagene Bibel, eine Schale mit Hostien sowie ein Kelch, der wahrscheinlich Wein enthielt. Regina trat näher. Dabei fiel ihr Blick auf ein weiteres Buch, das ebenfalls aufgeschlagen auf der Steinplatte lag. Zögernd legte Regina einen Finger auf die aufgeschlagene Stelle und klappte das Buch zu, um den Titel lesen zu können. Auf einem schmucklosen Einband stand geschrieben: »Buch der Namen«. Das mutete sie sonderbar an. Sie schlug das Buch an der letztmals geöffneten Stelle wieder auf und sah, was sie schon vorher gesehen hatte: Das Buch war unbeschrieben. Auch das Zurück- und Vorwärtsblättern brachte nichts Neues zutage. Das Buch war vollkommen leer. Schulterzukkend legte Regina das Buch wieder zurück. In dem Moment sagte jemand hinter ihr: »In einem Buch, in dem nichts geschrieben steht, steht zugleich alles geschrieben.«

Erschrocken und kreidebleich drehte sich Regina um. Was sie die ganze Zeit inständig gehofft und trotzdem nicht erwartet hatte, war eingetroffen. Sie stand einem Menschen gegenüber. Ängstlich und etwas peinlich berührt, musterte sie den Hinzugetretenen. Zu einem Wort des Grusses, einer Antwort oder auch einer Frage war sie nicht fähig. Bei dem Fremden musste es sich um einen Geistlichen handeln. Das verriet sein Äusseres. Aber auch die Person selbst, das scheinbar Entrückte und zugleich Standhafte, das von ihr ausging, liess auf einen Priester schliessen.

»Ich habe Sie erschreckt, nicht wahr?«, sagte nun der Mann, und seine vormals wie entmenschlicht klingende Stimme hatte jetzt etwas Warmes, Vertrauensvolles.

Regina nickte. »In einer ausgestorbenen Stadt muss einen jeder Mensch erschrecken, auch dann, wenn man ihn sich herbeiwünscht.«

Der Geistliche blickte sie verständig an. »Sie gehören nicht unserer Gemeinde an?«, fragte er nun und musterte seinerseits sein Gegenüber. »Nicht dass es eine Rolle spielen würde«, fügte er an, »ich möchte nur nicht, dass Sie mit Dingen konfrontiert werden, die Sie weder verstehen noch verkraften würden.«

Regina stutzte einen Moment. »Ich komme von der Insel«, sagte sie schliesslich, »wir verbrachten dort ein paar Monate ...«

Der Pfarrer legte bei diesen Worten die Hand an sein Kinn und kratzte sich an seinen Bartstoppeln. Dann schritt er wortlos um den Altar herum und hantierte mit den Messeutensilien. Es machte den Anschein, als fehlten nun ihm die Worte. Schliesslich blätterte er in der Bibel, die auf dem Altar lag und schob, als er die gesuchte Stelle gefunden hatte, Regina das Buch hin. »Das hier ist geschehen«, sagte er mit vibrierender Stimme. »Hier steht es geschrieben. Aber von Gnade ist nichts zu spüren.«

Regina blickte zuerst den Priester an, dann lenkte sie ihren Blick auf das Buch. Eines der ersten Wörter, die sie las, lautete »Jonas«.

23

Insel

Regina setzte die Gespräche mit dem Apotheker fort. Oft musste sie sich jedoch in Geduld üben, wollte sie auf ein ernsthaftes Thema zu sprechen kommen, denn der Apotheker liebte das geistreich-heitere Gespräch noch mehr, als das tiefgründig-bedeutungsvolle. Auch sprach er dem Wein gerne zu – nicht übermässig, er wusste, wo die Grenzen waren, aber doch leidenschaftlich. »Wer das Leben nicht kennt«, sagte er einmal, »darf sich in keiner Disziplin, in welcher er auch immer tätig ist, etwas einbilden.« Das mochte so sein, dachte Regina, und sie zog für sich den Schluss, dass alles, was nicht aus eigenem Antrieb erworben war, einem ungedeckten Scheck gleichkam. Sie zögerte deshalb, als der Apotheker wieder einmal zu Besuch war und von Land und Leuten, den kulinarischen Erzeugnissen, Käse, Oliven und Wein sprach, den Vogel zu erwähnen, der ihr nicht mehr aus dem Sinn ging. Schliesslich wagte sie es aber doch und erzählte von dem sonderbaren Fund. Der Apotheker setzte das Glas ab. Er schweifte mit seinem Blick nach draussen, wo die Dämmerung bereits eingesetzt hatte. Dann kehrte er zurück und murmelte ein kaum verständliches »sonderbar« vor sich hin. Regina fragte nach, erhielt aber keine Antwort. Stattdessen forderte sie der Apotheker auf, den Vogel genau zu beschreiben.

»Auffallend war die starre, gekrümmte Haltung«, meinte Regina, und versuchte, sich das Bild in Erinnerung zu rufen. »Dann der geöffnete Schnabel und das struppige Federkleid ...«

»Sonst nichts?«, fragte der Apotheker, »auffallende Verfärbungen vielleicht.«

»Doch«, sagte Regina, »dort, wo das Tier Federn gelassen hatte, war die Haut von einem sonderbaren Blau. Zudem waren der Kopf, der Hals und vielleicht auch die Beine geschwollen. Aber das weiss ich nicht mehr so ganz genau.«

Wieder schwieg der Apotheker. Er schien zu überlegen. »Ich bin kein Arzt und schon gar kein Tierarzt«, sagte er schliesslich, »und von Vögeln«, fügte er an, »verstehe ich nicht besonders viel. Ich erkenne manche von ihnen zwar an ihrem Flug und an ihren Lauten, aber ihre Krankheitssymptome sind für mich schwer zu deuten. Allerdings habe ich einen Verdacht. Das, was sie beschreiben, erinnert an eine Art von Pest.«

Regina erschrak. Sofort überlegte sie, ob sie den Vogel mit der blossen Hand berührt hatte. Das war jedoch nicht der Fall. Trotzdem fragte sie nach: »Die Pest ist doch ansteckend?«

»Nicht in jedem Fall«, meinte der Apotheker. »Das heisst, ansteckend ist sie schon, aber in der Regel nur innerhalb der gleichen Gattung. Manche Arten der Krankheit jedoch – und das ist es wohl, was Sie meinen – sind auch auf den Menschen übertragbar.«

Nun war es Regina, die in Schweigen versank. Sie dachte nach – worüber, das konnte sie selbst nicht sagen. Natürlich wusste sie, dass ohne den toten Vogel keine Beweise erbracht werden konnten. Also musste man den Vogel finden. Vielleicht gab es ja noch andere, die der gleichen Krankheit zum Opfer gefallen waren. Und wenn nicht, dann galt zunächst wohl Entwarnung.

Der Apotheker griff erneut zum Glas. Er schaute Regina ruhig an, und es machte den Anschein, als wollte er wieder auf seine kulinarischen Liebhabereien zu sprechen kommen. Zu Reginas Verwunderung griff er jedoch das eben besprochene Thema wieder auf.

»Alles was man unterdrückt«, sagte er und hielt dabei das Glas vor die Lampe, so dass sich der rote Inhalt gleichsam entzündete und farbige Lichtflecken von sich warf, »was unterdrückt wird, kehrt wieder, entweder als Wiederholung des Gleichen, als Variation oder auf einer anderen Ebene, feinstofflich, das heisst geistig oder seelisch. Eine Krankheit ist erst dann ausgestanden, wenn die Heilung eingetreten ist – ein Vollständig-und-ganz-Werden. Das lässt sich durch die Stärkung des Immunsystems beschleunigen. Den Erreger einfach abzutöten, kommt hingegen einer Unterdrückung gleich – er schnellt irgendwann wieder nach oben. Einen unliebsamen Gast wirft man hinaus. Das braucht jedoch Mut und man darf ihn später aus Mitleid nicht wieder hereinlassen. Ihn tätlich anzugreifen oder gar umzubringen, stellt keine Lösung dar. Der Mord muss vertuscht werden, aber jede versteckte Leiche kommt irgendwann ans Licht. Die unterdrückte Pest beispielsweise kehrt in Form von Pestiziden, der Luftverpestung und auch durch die Ölpest wieder. Hier wurde einfach die Ebene gewechselt. Das Fatale ist nur, dass damit immer auch eine Ausweitung verbunden ist. Die Pest heute ist eine globale Angelegenheit.«

24

Festland

Regina dachte an Jonas. Vierzig Tage sollen die Bewohner von Ninive Zeit gehabt haben, sich zu besinnen, von ihrer Bosheit abzukehren. Und sie entschlossen sich zur Umkehr …

»Was ist hier geschehen?«, fragte sie nun eindringlich, »ich muss es wissen.«

Wieder antwortete der Priester nicht direkt. »Kommen Sie«, sagte er lediglich und spannte damit Regina noch mehr auf die Folter. Er legte ihr sanft die Hand auf die Schulter und lenkte sie in einen seitlich angrenzenden Raum, der Regina bisher noch gar nicht aufgefallen war. Als sie unter der Türe stand, war es ihr, als blicke sie in einen Bunker. Es war hier noch düsterer als in der Krypta und die Luft war seltsam stickig, obwohl der Duft des Weihrauchs auch hier dominant war.

»Wir bekommen Besuch?«, tönte es dumpf aus einer Ecke. Regina wandte ihren Blick in die Richtung, in der sie den Sprechenden vermutete, aber sie konnte nichts Besonderes erkennen.

»Wir leben hier in einer Höhle«, sagte nun dieselbe nasal klingende Stimme.

Regina wusste nicht, ob es Höhle oder Hölle geheissen hatte. Sie blickte angestrengt in das Nichts hinein und glaubte dabei einen Mann wahrzunehmen, der an der gegenüberliegenden Wand kauerte.

»Kommen Sie nur, hier unten brauchen Sie nicht anzuklopfen. Ich nehme an, Sie kommen als Freund ...« Ein fürchterliches Stöhnen folgte diesem Satz, brach ab und ging in die Worte über: »Oder als Feind – was spielt das für eine Rolle ...«

Regina trat einen Schritt vor. Da sich ihre Augen langsam an die Dunkelheit gewöhnten, wurden ihr die Konturen des Raumes deutlich. Die Decke war noch niedriger als in der Krypta und die Wände noch rauer. Es hätte sich auch um ein Verlies handeln können.

Die Stimme aus dem Dunkel ertönte abermals: »Sie kommen aus dem Licht. Bringen Sie denn auch Licht ins Dunkel? Für uns gibt es kein Licht mehr. Wir sind zu lichtlosen, tauben Gestalten geworden.«

Regina schauderte. War das die Stimme eines Irren? Wo war sie hier überhaupt? Während ihr diese Gedanken durch den Kopf gingen, sah sie einen Schatten an der gegenüberliegenden Wand. Erst jetzt bemerkte sie, dass am Boden davor mehrere Gestalten kauerten. Eine davon musste eben zu ihr gesprochen haben.

»Ich komme von draussen«, sagte sie nun zaghaft und fügte an, »die Stadt ist menschenleer. Was hat das zu bedeuten, was um Gottes Willen ist geschehen?«

Ein Grinsen war die Antwort, das sich zu einem gespenstischen Kichern steigerte. Es war, als würde dieses unwirkliche Lachen wie mit einem Stafettenstab weitergereicht, denn bald kicherte es im ganzen Raum. Plötzlich, wie auf Kommando, herrschte jedoch wieder Schweigen. Aber auch dabei blieb es nicht. Regina hörte, wie da und dort jemand schluchzte.

Unvermittelt spürte sie nun wieder die Hand auf ihrer Schulter. »Setzen Sie sich doch«, sagte eine bestimmte, aber gütige Stimme. Erst jetzt bemerkte Regina, dass ihr der Geistliche einen Stuhl hingeschoben hatte. Sie setzte sich, erhob sich aber wieder und fragte fast flehend: »Wäre es nicht draussen möglich?«

Der Geistliche winkte jedoch ab: »Nein«, sagte er, »nicht jetzt ... noch nicht.«

Dann herrschte wieder Schweigen. Regina war es, als sässe sie bei einem Verhör, bei dem niemand Fragen stellte, bisweilen dachte sie auch, sie wäre als Zeugin geladen. Aber in welcher Angelegenheit sollte sie angeklagt, in welcher angehört werden?

Schliesslich war es der Geistliche, der das Schweigen brach. »Die Leute, die hier im Schatten sitzen, können nicht vergessen. Wissen Sie, was das bedeutet, nicht vergessen zu können? Es bedeutet, dass sie vom Leben ausgeschlossen sind. Das, was war, häuft sich an, wird mächtig, ja übermächtig, und überlagert jenen Bereich, den wir Gegenwart nennen. Ein Mensch, bei dem ein Teil seiner Erlebnisse nicht im Unterbewussten versinkt, der nicht vergessen kann, lebt nur noch von seinem Leid, das beständig wächst und ihn erdrückt. Es drückt ihn wie einen Wurm zu Boden, derweil er doch die Leichtigkeit des Augenblicks spüren möchte – leicht sein möchte, wie ein Schmetterling. Deshalb die unaufhörliche Klage, das Jammern und Schreien, das sie wohl vernommen haben.

Das Nicht-vergessen-Können«, fuhr der Geistliche nach einer kurzen Pause fort, »führt in letzter Konsequenz zu einer übersteigerten Wahrnehmung. Man verpasst nichts mehr, ist Zeuge jedes Ereignisses, auch der kleinsten Begebenheit, man sieht und hört alles.

Ein Teufelskreis beginnt. Die Sinne werden zunächst geschärft, man wird empfindlich, so sehr empfindlich, dass die Wahrnehmungen bald zu schmerzen beginnen. Es müssen dunkle Räume aufgesucht werden, weil das Auge das Tageslicht nicht mehr erträgt, man geht Gesprächen aus dem Weg, da jede Ausführung das persönliche Selbstverständnis anzugreifen droht, und jedes Wort, das laut gesprochen wird, dröhnt in den Ohren der Betroffenen. Dann aber lässt die Wahrnehmungsfähigkeit plötzlich nach. Die Sehkraft schwindet, das Gehör wird schwächer bis hin zur Taubheit. Der Zerfall setzt ein – vielleicht ist das die Erlösung.«

Regina nickte verständig. »Aber woran liegt es, dass diese Leute nicht vergessen können?«, fragte sie.

»Im Grunde ist das Nicht-vergessen-Können ein Nicht-loslassen-Können«, meinte der Geistliche. »Wie wollen Sie in den Himmel kommen, wenn Sie sich von der Erde nicht lösen können?«

Regina verstand, was der andere meinte, obwohl ihr doch manches abstrakt vorkam.

»Wenn wir vergessen könnten, wären wir frei«, fügte der Geistliche an, in der Hoffnung, sich nun klarer auszudrücken. »Der Schmetterling weiss nicht, dass er einmal eine Raupe war, und wir wissen nicht, woher wir kommen und deswegen auch nicht, wohin wir gehen. Wüssten wir es, so wäre uns ein Leben auf der Erde gar nicht möglich.«

25

Festland

Die Schemen, die an den Wänden kauerten, gaben unverständliche, irr tönende Laute von sich. Regina hielt sich die Ohren zu und blickte den Geistlichen fordernd an. »Was ist geschehen!«, schrie sie ihn an. »Ich will endlich wissen, was hier geschehen ist!«

»Ich bin dabei, es Ihnen zu erklären«, sagte der Geistliche ruhig. Er nahm Regina etwas beiseite, dann fügte er an: »Ich könnte Ihnen eine Chronik der Ereignisse schildern, so wie es heute üblich ist. Dann jedoch wüssten Sie nicht wirklich, was geschehen ist, Sie hätten dann nur Fakten zur Verfügung – Tatsachen, die, wie die aus dem Meer ragenden Spitzen der Eisberge, nur einen kleinen Teil der Wirklichkeit verkörpern. Um aber auch den anderen Teil des Eisberges zu kennen – um im eigentlichen Sinn verstehen zu können, was geschehen ist, muss ich es Ihnen erzählen. Ich muss Ihnen eine Geschichte erzählen.«

Regina schaute den Geistlichen fragend an: »Eine Geschichte wollen Sie mir erzählen?«

Der Geistliche nickte. »Was tat Scheherazade, um dem Tod zu entkommen? Sie erzählte dem König Geschichten – tausendundeine Nacht lang.«

Regina kam das seltsam vor. »Wir sind hier doch nicht im Märchen«, sagte sie vorwurfsvoll.

»Oh doch«, war die Antwort. »Zumindest sind wir tiefer in die Schicksalsgestalt solcher Geschichten verwoben, als Sie glauben. Aber nennen Sie es, wie Sie wollen: Märchen, Tragödie ... einerlei, es geht jetzt um die Essenz.«

Regina wusste sich nicht mehr zu wehren. Aber warum sollte sie auch alles verstehen wollen. Sie verstand ja im Grunde genommen schon jetzt nichts mehr. Vielleicht, ging es ihr durch den Kopf, war sogar das völlige Unverständnis, die völlige Unvoreingenommenheit, Voraussetzung dafür, überhaupt etwas verstehen zu können. Ein irrer Gedanke. Und doch ... Im Moment war alles irgendwie irr.

Der Geistliche sah Regina die Verwirrung an. Er wollte eben zu einer neuen Erklärung ausholen, als ihn eine Stimme aus der Reihe der Schemen unterbrach.

»Was soll das Geschwätz«, sagte kichernd jemand. »Der Pfaffe hat schon recht, salbungsvolles Gerede ist jetzt genauso fehl am Platz wie heroische Worte. Was wollen Sie mit einer Sturmwarnung, wenn Sie sich schon mitten in der Flut befinden? Sie müssen schwimmen, ins offene Meer hinaus, sich treiben lassen, vertrauen. Sicher, es kann auch schief gehen. Sehen Sie sich uns an. Wir sind gescheitert. Man glaubt, man könne nur scheitern, wenn man zuvor etwas gewagt hat. Aber wer nichts wagt, hat von Anfang an schon verloren, nur weiss er es nicht, weil er sich zunächst in Sicherheit wähnt und glaubt, auf sicherem Boden zu stehen. – Sicherer Boden«, er wiederholte diese Worte mit höhnischem Unterton, »sicherer Boden in einer Zeit, in der alles bodenlos geworden ist ...«

Regina schaute betroffen nach der Stimme. Auch erinnerte sie sich an das Bad im Meer neulich nachts. Fast wäre es ihr zum Verhängnis geworden. War das ein Vorzeichen gewesen?

Eine andere Stimme unterbrach ihre Gedanken. Sie klang genauso irr, verzerrter noch als die erste. »Lassen Sie den Alten erzählen«, tönte es fast höhnisch. »Was wollen Sie, wenn die letzten Dinge rufen: einen Vortrag, eine Belehrung?«

Jemand anderes kicherte dazwischen: »Gehen Sie, wenn Sie können, gehen Sie zur Villa am Stadtrand wie jene florentinischen Edelleute damals vor fast siebenhundert Jahren. Die Villa ist üppig ausgestattet, Möbel nur vom Feinsten, Kunst, ein weitläufiger Garten, der zum Lustwandeln lädt, Springbrunnen und Alleen und ein paar wenige Leute. Sie haben das verlassene Gut aufgesucht, um sich Geschichten zu erzählen, während unten in der Stadt die Pest wütete. Jetzt kommen die wahren Geschichten zutage, erzählt von Königen und Königinnen – jeder Erzähler ist doch ein König, nicht wahr?«

Regina hielt sich abermals die Ohren zu. Sie ertrug diese Worte, die wie Pingpongbälle auf sie zuflogen, nicht mehr. Daran vermochten auch die Beschwichtigungen des Geistlichen nichts zu ändern. Sie schloss die Augen und schweifte in Gedanken zurück. Der Apotheker tauchte auf, Philipp, auf einer Klippe stehend, in der Hand einen stattlichen Fisch, den er gerade eben gefangen hatte – Jonas im Bauch des Wals … Wo mochte Philipp jetzt bloss sein? – Dazwischen immer wieder der tote Vogel.

26

Insel

Geschichten liebte Regina über alles. Nicht zuletzt war sie auf diese Insel gefahren, um endlich einmal Zeit zum Lesen zu haben. Angefangen hatte es damals mit den Märchen, die ihr ihre Mutter jeweils vor dem Zubettgehen vorgelesen hatte. Als Regina ihre ersten Worte sprechen konnte, kamen die Märchen zu ihr, das hatte ihr ihre Mutter später einmal erzählt. Ob die Mutter sie vorgelesen oder frei vorgetragen hatte, konnte Regina nicht sagen. Den Märchen selbst hätte das freie Erzählen natürlich mehr entsprochen, denn aufgeschrieben wurden sie erst, als sie in Vergessenheit zu geraten drohten. Das war vor zweihundert Jahren gewesen. Regina bezeichnete diese Zeit jeweils als die Epoche der Geschichten. Alle ihre Lieblingsgestalten entsprangen dieser Zeit: Klein Zaches, der sich in jede beliebige Person verwandeln konnte, Peter Schlemihl, der seinen Schatten verkaufte, Bruder Medardus mit seinen teuflischen Elixieren und der Müllersohn, der, als Taugenichts bezeichnet, sich seinem Schicksal anheimstellte und so alles erhielt, was ihm zustand.

Regina zeichnete, während sie über die Geschichten nachdachte, Gesichter in den Sand: runde und ovale, lachende und weinende, Kinder- und Greisengesichter. Keines von ihnen hatte indes Bestand, denn die Wellen, die sich an den Ufersteinen brachen, fuhren, kaum waren die Gesichter gezeichnet, über diese hinweg und verwischten alle Spuren. So schnell sind die Gesichter vergessen, dachte Regina. Genauso wie die Märchen, als damals die Welle einer aufklärerischen Denkhaltung über sie hinwegfuhr. Es war ein doppeltes Vergessen gewesen, ging es Regina durch den Kopf. Dass man sich die Märchen nicht mehr erzählte, war das eine, das andere aber war, dass man nicht mehr an sie glaubte, dass man die Welt so sehr entzaubert hatte, dass darin für Märchen gar kein Platz mehr war.

Regina erhob sich und ging auf dem schmalen Pfad langsam zurück. Der Fisch, den Philipp am Morgen gefangen hatte, musste für das Abendessen zubereitet werden. Das war zwar keine besonders schwierige Aufgabe, gleichwohl musste sie gelingen, denn sie hatte den Apotheker zu einer Fischsuppe eingeladen.

Während sie den Klippen entlangschritt, fiel ihr Blick immer wieder auf das Festland, das sich deutlich am Horizont abzeichnete. Sonderbar, dachte Regina, für sie war im Moment die Insel, auf der sie sich befand, das Festland, während die Landzunge drüben wie eine Insel wirkte. Das war natürlich eine Frage des Standpunktes. Im Grunde gab es auf dem Globus nur Inseln; die Kontinente waren allesamt von Wasser umgeben. Und war nicht die Erde selbst eine von unzähligen Inseln inmitten eines unendlichen Weltraums? Auch wenn sich das Leben auf den Inseln heute nicht mehr von dem auf dem Festland unterschied, so hatte der Begriff »Insel« seine mythische Bedeutung noch nicht ganz eingebüsst. Gefängnisse waren auf Inseln errichtet worden, Schätze wurden auf Inseln vergraben, Piraten errichteten hier ihre Stützpunkte, Odysseus kam auf seiner Irrfahrt an manchen Inseln vorbei, auf denen er seine Abenteuer zu bestehen hatte, und Robinson Crusoe, Held des ersten englischen Romanes, erfuhr auf schicksalhafte Art die Vereinzelung des modernen Menschen in einer Welt, die genau dem entgegenwirken wollte, indem sie zu einem einheitlichen, globalen Gebilde zusammenwuchs.

Dass die Inseln in den letzten Jahrzehnten ihre Charakteristik grundlegend geändert hätten, war zwar leichthin gesagt, dachte Regina, aber es verhielt sich tatsächlich so. Sogar der Apotheker hatte davon gesprochen, dass sich die Insel kaum mehr vom Festland unterscheide. Dasselbe gelte für ihre Bewohner. Seltsam nur, überlegte sie, dass gerade seit jenem Moment, als sich die Unterschiede zu verwischen begannen, der Spruch »Reif für die Insel« in Umlauf kam.

Mehr als solche Überlegungen interessierten Regina aber Geschichten und Sagen, die sich um Inseln rankten oder auf Inseln spielten. Bereits vor der Reise hatte sie diesbezüglich Nachforschungen angestellt, und sie war fündig geworden. Besonders beeindruckt hatte sie die Geschichte um eine nordische Insel, die zu König Abels Zeiten, also vor mehr als siebenhundert Jahren, ihre Hochblüte erlebte. Auf allen Meeren sollen Schiffe dieser Insel »geschwommen« sein, und sie sollen Schätze aus allen Weltteilen in die Heimat getragen haben. Die Leute lebten im Überfluss, bauten stattliche und prächtige Häuser; die blonden Frauen trugen seidene Gewänder, und die Männer waren berühmt für ihre Tatkraft und ihren Mut. Aber sie waren auch bekannt für ihre Unmässigkeit und ihre Gelage. Zwar waren sie christlich getauft, aber in ihnen wohnte noch, so die Worte des Chronisten, das rohe Heidentum. Dieses bäumte sich noch einmal auf gegen den neuen Glauben. So soll nach einem der legendären Gelage ein Priester genötigt worden sein, einer kranken Sau das Abendmahl zu geben. Da aber schwoll das Wasser an. Eine Flut brach über die Insel herein und begrub sie mit all seinen Bewohnern unter sich.

Regina nahm ihr Notizbuch aus der Tasche und schlug es auf. Sie hatte doch damals, als sie auf die Sage gestossen war, ein paar Eintragungen gemacht. Richtig, da war ja der Eintrag: Die Ballade »Trutz, Blanke Hans« hatte sie sich notiert, da sie von deren Kraft ergriffen gewesen war:

»Heut bin ich über Rungholt gefahren,
Die Stadt ging unter vor fünfhundert Jahren«

las sie. Der Mittelteil fehlte, aber den dramatischen Schluss hatte sie sich nicht entgehen lassen:

»Ein einziger Schrei – die Stadt ist versunken
Und Hunderttausende sind ertrunken!
Wo gestern noch Lärm und lustiger Tisch,
Schwamm ander'n Tags der stumme Fisch.«

27

Festland

»Was ist geschehen?«, fragte Regina erneut, jetzt aber mit ruhiger Stimme. Fast beiläufig hatte sie diese Worte gesprochen, und fast beiläufig kam die Antwort.

»Begonnen hat es schon vor langer Zeit«, meinte der Geistliche, der sich auf einen reich verzierten Stuhl gesetzt hatte, der sonderbar überladen wirkte in diesem kargen, bedrückenden Raum. »Begonnen hat es damals, als sich die Menschen von Gott abwandten. – Ich weiss«, winkte er beschwichtigend ab, »solche Schlagworte sind wenig glaubhaft, aber in ihnen verbirgt sich oft eine tiefe Wahrheit. Natürlich ist das Leben ein Widerstreit an sich, und jeder, auch der gläubigste Mensch, verfällt irgendwann einmal dem Unglauben, er beginnt zu zweifeln, wendet sich von Gott ab, aber das sind Phasen, die überwunden werden wollen. Und genauso wie der Einzelne solche Phasen durchläuft, durchlaufen sie auch Kulturen. Aber davon soll jetzt weniger die Rede sein, als vielmehr von der grossen Abwendung. Sie können es auch die grosse Flucht nennen oder die grosse Vertreibung, das spielt letztlich keine Rolle. Was hingegen eine Rolle spielt, ist die Frage, wohin ein entsprechendes Ereignis führt. Eine Frucht, die von einem Baum fällt, beginnt zu wachsen, wenn sie auf fruchtbaren Boden gelangt. Ein Mensch, der, erwachsen geworden, von zu Hause auszieht, gründet eine eigene Familie. So entsteht Neues – das ist der Kreislauf des Lebens. Was aber, wenn es mit dem Fallen getan ist, wenn die Frucht auf keinen fruchtbaren Boden stösst, was, wenn der, der auszog, in die Einsamkeit gerät, auf keine anderen Menschen stösst? Dann ist dieser Kreislauf unterbrochen. – Vor vielen Jahren hat in dieser Stadt die grosse Abwendung begonnen. Ein genauer Zeitpunkt lässt sich nicht ausmachen. Manche sagen, das entscheidende Ereignis sei das Aufkommen der Maschinen gewesen, andere verweisen auf jenen Moment, als das Geld sich allein durch den Faktor Zeit zu vermehren begann, und wieder andere machen die grosse Säkularisierung dafür verantwortlich. Wie dem auch sei, unsere Stadt ist dafür bekannt, dass Neuerungen jeweils schnell aufgenommen werden. Wir besitzen mehr Industrie als die umliegenden Städte, Bankhäuser florieren hier schon länger und erfolgreicher als anderswo und kein Ort in der Umgebung vereint so viele verschiedene Kulturen wie wir. Das mag alles unbedeutend klingen und nichts erklären, aber – wir haben eine Grenze überschritten. Wir haben uns von der Schöpfung abgewandt und haben dabei den Menschen als schicksalhaftes und einzigartiges Wesen verraten. Der leistungsfähige Mensch war uns stets willkommen, jener, der sich bedingungslos in den Dienst des Fortschritts stellte, der sich selber verleugnete, damit eine ›hausgemachte‹ Gegenwelt entstehen konnte. Sie können es auch eine virtuelle Welt nennen, das spielt keine Rolle. Jedenfalls musste durch diese Entwicklung das wirkliche Leben verdrängt werden. Es wurde gleichsam weggesperrt, in die Untiefen verbannt. Jetzt aber hat es seine Fesseln abgelegt. Es ist, als sei eine verbotene Türe geöffnet worden. Nun quillt das Blut in Strömen hervor – das Blut all jenes Lebens, das sich durch das blinde Fortschreiten nie entfalten konnte, das unterdrückt und verdrängt wurde. Alles Ungeschehene bricht nun aus dieser Kammer hervor und verbreitet sich als Schrecken und Leid.«

Regina nickte. »Aber warum gerade jetzt und mit dieser Vehemenz?«, fragte sie.

»Alles hat seine Zeit«, entgegnete der Geistliche. »Vom praktischen Standpunkt her gesehen, gilt, dass ein Damm dann bricht, wenn der Druck des Wassers ein bestimmtes Mass überschritten hat. Trotzdem: Wo und wann er genau bricht, hängt mit den Qualitäten zusammen, die ein jeweiliger Ort besitzt. – Im Alten Testament etwa – ich erwähnte es schon – wird berichtet, dass Ninive, die Stadt mit den fünfzehn Toren, dem Untergang geweiht war. Es hätte aber genauso gut eine andere Stadt treffen können, denn ›böse und grausam‹ waren die Menschen allerorten. Dass es Ninive traf, hat wohl mit der Geschichte, der Lage und der Bedeutung des Ortes zu tun. Zunächst warnte Jonas die Bevölkerung – mit Erfolg, wie wir wissen. Es dauerte aber nicht lange, da beschwor der Prophet Nahum den Untergang Ninives erneut herauf. Alles an dieser Stadt sei falsch, soll er gesagt haben, und: ›Die Stadt wird in Feuer aufgehen, die Einwohner werden durch das Schwert umkommen, während die Königin und die Jungfrauen hinweggeführt und die Menschen über die Hügel zerstreut werden ... Wie eine reife Feige wird die Stadt fallen, auch wenn sie sich noch so sicher fühlt.‹ – Diesmal gab es kein Zurück mehr«, sagte der Geistliche nüchtern, »diesmal ging Ninive tatsächlich unter.«

Regina hatte schweigend zugehört. Was sollte sie dazu sagen? Vielleicht hatte der Geistliche ja recht, vielleicht liess sich so mancher Untergang im Kleinen auf diese Art erklären. Der Untergang, nicht als Strafe, sondern als Konsequenz …

Was der Priester über die Abwendung gesagt hatte, beschäftigte sie besonders. Meinte er damit die Abwendung von Gott?

»Im Grunde ist es die Abwendung von Gott«, sagte der Geistliche. »Damit ist aber nicht die Abwendung von der Institution Kirche gemeint – wenngleich diese Abwendung symptomatisch ist –, sondern vielmehr die Abwendung von der Bestimmung. Der Mensch verlor sein Mass und sein Ziel. Wer mit Fernrohren und Mikroskopen sieht, hat das Schauen verlernt. Wer mit Mikrophonen spricht, hat keine eigene Stimme mehr, und wer mit Geräten hört, vermag die Zwischentöne, vermag die den Dingen innewohnende Stimme nicht mehr zu vernehmen …«

Nachdenklich pflichtete Regina dem Geistlichen bei. Widersprochen hätte sie ihm gerne, genauso, wie sie den Ereignissen in dieser Stadt gerne widersprochen hätte. Aber womit? Mit Worten, Taten, Ideen? Nein, bevor widersprochen werden konnte, musste man sich einen Überblick verschaffen – musste man sich sozusagen ins Bild setzen. Aber gerade die Bilder waren es, die zunehmend verblassten. Dass sie dabei an die nordische Insel und die Flut, die über sie hereingebrochen war, denken musste, wunderte sie ein wenig.

»Und Sie glauben nun«, sagte Regina nachdenklich, wobei sie auch an die Worte des Apothekers denken musste, »Sie glauben also, dass sich der Verlust, der sich durch die, wie Sie sagen, grosse Abwendung einstellte, zur Katastrophe verdichtet hat?«

»Genau das«, meinte der Geistliche. »Zuvor gab es aber noch viele kleinere Ereignisse, Weichenstellungen, die die Katastrophe ankündigten. Denken Sie etwa an die Aufklärung, die die Welt entzauberte, an den Sturz der Könige – nicht nur der regierenden Könige, nein, der Autoritäten schlechthin, an die Aufspaltung dessen, was nur als Einheit bestehen kann. Die Liste ist unendlich, das Resultat, Sie sagten es: katastrophal. Kurz vor der Katastrophe aber, setzte das grosse Vergessen ein.«

28

Festland

Regina schweifte in Gedanken ab. Die Ruhe vor dem Sturm – das grosse Vergessen … und andererseits das Nicht-mehr-vergessen-Können. Was hatte das zu bedeuten? Philipp hatte einmal Andeutungen in diese Richtung gemacht. Er vertrat die Ansicht, dass Veränderungen immer aus dem Nichts entspringen würden – zumindest vordergründig. Es seien Zeiten der Normalität, Zeiten, in denen nichts Besonderes geschehe, die sogar ein latentes Glücksgefühl bewirkten. Dann aber, als würde ein Stein ins Rollen gebracht, breche das Neue, mitunter auch das Unglück hervor. Dass es sich im Verborgenen ankündige, so, wie ein loderndes Feuer, das zuvor schon lange geglimmt hatte, sei die andere Geschichte. Deshalb, so meinte er, dürfe man der Ruhe nie trauen, zumindest müsse man darauf gefasst sein, dass sie Teil eines grossen Vorspiels sei.

Die Ruhe vor dem Sturm: War diese Ruhe auch damals den Ereignissen auf der nordischen Insel vorhergegangen? Regina wusste es nicht. Zumindest aber war nach den Ereignissen Ruhe eingekehrt. Wie hiess es doch in der Ballade?

»... Wo gestern noch Lärm und lustiger Tisch,
Schwamm ander'n Tags der stumme Fisch.«

»Bei hellem Wetter«, hatte sie in der dazugehörigen Chronik gelesen, »in einsamer Mittagsstunde, wenn die Wimpel schlaff über Bord hingen, konnte jener, der wache Augen besass, über Bord ins Wasser schauen, und dann sah er Türme mit goldenen Hähnen aus der grünen Dämmerung aufsteigen. Er sah die Dächer der Häuser, die wie der Zackenfisch die Farbe des steinernen Meeresgrundes angenommen hatten, sah Muscheln und Bernsteine, geöffnete Schatztruhen, in denen trübgewordenes Geschmeide lagerte, sah versunkene Schiffe mit gebrochenen Masten. Und wenn er seine Ohren spitzte, vernahm er einen dumpfen Klang – das waren die Kirchglocken, die zu besonderer Stunde läuteten.«

Die Ruhe vor dem Sturm: Regina erinnerte sich an jene japanischen Fischer, die vom Fischfang zurückkehrten und den Hafen, die Hafenmauer und ihre Schiffe durch Wassermassen verwüstet vorfanden. Sie fragten sich, wie das geschehen konnte, denn auf offener See hatten sie keine Welle gesehen oder gespürt. Die Flutwellen, so wurde ihnen später erklärt, würden sich bei Tiefseesteilküsten erst kurz vor dem Strand bilden, dann aber mit aller Kraft gegen das Ufer schlagen. – Anderen Flutwellen ging ein Rückzug des Wassers voraus. Auch das war ein Vorzeichen: Bevor ausgeatmet werden konnte, musste eingeatmet werden.

Wie aber stand es um das Vergessen?, fragte sich Regina. Wenn es, wie sie es erwog, dem Ausatmen gleichgesetzt werden konnte, dann war das Vergessen der eigentliche Sturm. Ein ruhiger, in seiner Konsequenz jedoch verheerender Sturm. Und die Ruhe davor war das Leben, das ereignislos in gelenkten Bahnen verlief. Der Sturm, der Vergessen hiess, war ein Verlieren geistigen Besitzes. Vielleicht war jeder Sturm mit einem Verlieren gleichzusetzen. Manche verloren durch einen Sturm Hab und Gut. Im Grunde aber hatten sie es bereits zuvor verspielt. Der Sturm zeichnete lediglich real nach, was geistig bereits vollzogen war.

Dann folgten wieder Erinnerungen an die Tage auf der Insel. Kurz vor der Rückreise war eine Schönwetterperiode angebrochen. Richtig heiss wurde es in dieser Jahreszeit nicht mehr, gleichwohl wärmte die Sonne angenehm, und Regina dehnte ihre ohnehin schon ausgiebigen Spaziergänge noch aus. Etwas Bittersüsses lag in diesen Tagen in der Luft. Das mochte mit dem Abschied zusammenhängen, der, wie jeder Abschied, etwas von der Endgültigkeit des letzten Abschiedes in sich trug. Auf einem dieser Spaziergänge war Regina zu den Felsen hinuntergestiegen und hatte sich an einer einsamen Stelle, die, wie sie sich ausmalte, noch nie jemand betreten hatte, in die Sonne gelegt. Ein leiser Wind spielte in ihren Haaren, die Brandung drang als vertrautes Geräusch an ihr Ohr, und Regina spürte, wie sie eine sanfte Wehmut überkam. Den Augenblick einfangen und ihn sich bewahren, hatte sie sich gesagt, wohlwissend, dass gerade dies dem Menschen unmöglich war. Und doch: Die Erinnerung behielt die Augenblicke zurück, und ebenso die Bilder, die der Mensch sammelte wie Blumen an einem schönen Frühlingstag. Natürlich wusste sie, dass es auch dunkle Tage gab, aber selbst diesen war gelegentlich eine positive Seite abzugewinnen. Regina sah sich selbst, wie sie sich abends von dem warmen Stein wieder erhob und zurück zum Haus schlenderte. Oben, im steppigen Gras, fand sie eine zarte, blaue Blume, die, das fiel ihr erst in dem Moment auf, auf der Insel stellenweise üppig wuchs. Es war das Vergissmeinnicht. Dass die Blume als Symbol für die zärtliche Erinnerung und den Abschied stand, war bestimmt kein Zufall, und auch nicht, dass ihr Name in den meisten Sprachen diese Bedeutung hatte.

Die Bilder kamen und gingen. Regina war es, als verginge hier unten gar keine Zeit, als wäre alles gleichzeitig da. Während die Bilder vor ihrem geistigen Auge standen, waren die Schemen um sie herum noch schemenhafter geworden. Wie Schatten huschten sie umher und unterlegten Reginas Bilder mit diesen sonderbaren, wahnwitzigen Geräuschen. Zwischendurch begann eine Kerze zu flackern. Manchmal war auch ein leises Knistern zu vernehmen, so als wäre etwas Wasser, das im Wachs eingeschlossen gewesen war, verdampft. Alles war unwirklich, gespenstisch.

»Kurz vor der Katastrophe aber, setzte das grosse Vergessen ein …«, hörte sie nun den Geistlichen erneut sagen.

29

Festland

Fortschritt, sagte der Geistliche nun mit klarer Stimme, Fortschritt – und damit meine er nicht Entwicklung – Fortschritt also, sei ein Fortschreiten vom Wesentlichen. Man könne an das Gleichnis vom verlorenen Sohn denken, auch er schreite vom Wesentlichen, schreite vom Vater weg. Aber das sei es nicht. Der Sohn sammle Erfahrungen – vorwiegend negative zwar –, aber am Schluss kehre er wieder zurück, reicher und erfüllter als zuvor. Der Fortschreitende hingegen kehre nicht mehr zurück. Er habe sich von der grossen rhythmischen Bewegung, die die Dinge loslässt und wieder anzieht, losgesagt. »Der Fortschreitende«, sagte der Geistliche nun mit Nachdruck, »schreitet immer weiter und er vergisst schliesslich, woher er kam. Er spaltet sich ab von seiner Herkunft, wird Einzelner – Vereinzelter. Er gerät in die Einsamkeit und ins Vergessen. Bald erinnert er sich nicht mehr daran, dass er einen Ort – seinen Ort – verlassen hat. Er empfindet auch kein Heimweh mehr, das ihn zurückbinden würde. Sein Wegschreiten darf sich auch nicht verlangsamen, denn sonst würde man ihm Stillstand vorwerfen. Er muss weiter, immer weiter, und man macht ihm vor, dass er mit jedem Schritt, den er tut, wachse – ein mörderisches Spiel«, betonte der Geistliche.

»Unsere Stadt gehörte zu den Fortschrittlichsten«, setzte er nach einer kurzen Pause erneut an. »Sie war oder ist zwar keine Weltstadt, aber in Zeiten der Globalisierung spielt das auch keine Rolle. Jeder Punkt auf der Erde kann jetzt ein entscheidender und bedeutender Punkt sein. Hier wurde geforscht und gelehrt, hier trafen sich die führenden Köpfe von Wirtschaft, Politik und Kultur zu Gesprächen. Hier wurden Entscheide gefällt, ohne dass die Öffentlichkeit etwas davon ahnte. Der Präsident verbrachte hier seine Freizeit, und weil Freizeit und Beruf bei einem Mann von Rang nicht zu trennen sind, wurde hier eben auch Politik gemacht. – Ja, ja«, sagte er nachdenklich, »wir sind oder waren eine moderne Stadt.«

»Eine moderne Stadt!«, hörte man jetzt im Hintergrund eine krächzende Stimme, die bald ihr vielstimmiges Echo fand.

»Ausgerechnet hier«, fuhr der Geistliche fort, »wurde ein Medikament entwickelt, das Personen heilen sollte, die unter dem Vergessen oder mit einem anderen Wort: dem Bewusstseinszerfall litten. Zwar war man noch nicht soweit, aber nach Angaben der Projektverantwortlichen konnte man den Verlauf der Krankheit erheblich verzögern. Ein Jahr könne gewonnen werden, hiess es – ein gewonnenes Lebensjahr. Wir waren zwar skeptisch, wandten ein, dass ein verzögerter Krankheitsverlauf nichts mit einer Heilung zu tun habe, und dass die Verzögerung möglicherweise auch das Leiden verlängere, aber wir hatten natürlich keine Alternative zu bieten, und so wurden wir überhört und auch übertönt. Einzig ein Apotheker drüben auf der Insel griff unsere Argumente auf. Nächtelang haben wir Gespräche geführt, haben im wahrsten Sinne des Wortes über Gott und die Welt sinniert. Er, der Apotheker, zeigte unter anderem medizinische Alternativen auf. Er hatte nach eigenen Worten ein pflanzliches Mittel zusammengestellt, das die Identität des Menschen erheblich stärke. Wer Identität besitze, meinte er, besitze Gegenwart und habe somit auch eine Geschichte: ein Vorher und ein Nachher. Das wiederum stärke die Erlebnisfähigkeit und fördere das Erinnerungsvermögen. Was aus einer Identität heraus erlebt sei, sei erinnert und könne nicht mehr vergessen werden. Es könne zwar sein, dass das Gedächtnis schwächer würde, aber man vergesse das Wesentliche nicht. – Vergessen, meinte er in einem Anflug philosophisch-theologischer Beweisführung, sei ein Verlieren. Und die höchste Form des Verlustes sei der Selbstverlust: Die Person verliere sich dabei selber. Vielleicht sei es charakteristisch für den modernen Menschen, der alles besitzen wolle, dass er letztlich alles verliere. Die Extreme bedingten einander und lösten letztlich das auf, worauf sie sich bezogen hätten.

Regina war wie aus einem Schlummer erwacht, als sie den Namen des Apothekers vernommen hatte. Wie klein die Welt doch war. Alles, was aus dem Mund dieses Mannes kam, das war ihr jetzt wieder aufgefallen, klang irgendwie geheimnisvoll und doch ging es ganz logisch auf das jeweils Gegebene ein. Das hatte sie auch bei den Gesprächen erlebt, die sie mit ihm geführt hatte. Einen Widerspruch gab es indes noch zu lösen: Das grosse Vergessen stand dem Nicht-vergessen-Können, von dem manche Leute hier in der Kirche betroffen waren, diametral gegenüber. Rief das eine Phänomen das andere etwa hervor? Regina wollte nicht näher darauf eingehen, obwohl ihr die Frage unter den Nägeln brannte. Im Moment überlagerte nämlich das Schicksal dieser Stadt all ihre Gedanken. Sie musste wissen, was hier passiert war. Abermals sprach sie den Geistlichen darauf an.

»Je höher man steigt, umso tiefer fällt man«, sagte der Geistliche mit einem aufgesetzten Lächeln und fuhr dann mit seinen Ausführungen fort: »Ich sagte es schon, wir sind oder waren eine moderne, aufstrebende Stadt. An unserem Theater wurden Klassiker und moderne Stücke gespielt. Wir gehörten zur Avantgarde. Dasselbe galt für die Musik. Unser Sommerfestival für moderne Musik war weltberühmt. Unsere Universität bildete die besten Informatiker aus, überhaupt war die technische Fakultät hoch angesehen. Die Universitätsklinik war führend in der Transplantations-Medizin. Man arbeitete eng mit der hier ansässigen chemischen und technischen Industrie zusammen. Einem ihrer Leiter, einem gewieften Kopf, wurde kürzlich sogar der Nobelpreis verliehen. Auch gesellschaftlich folgten wir dem allgemeinen Trend, man blickte gerne mit wissenschaftlichem Auge auf uns, wenn es galt, entsprechende Entwicklungen zu interpretieren oder vorauszusagen. Wir waren den anderen oft um eine Nasenlänge voraus – im Positiven, wie auch, obwohl vielfach heruntergespielt, im Negativen. Die Scheidungsrate etwa lag bei uns bald weit über sechzig Prozent. Allerdings sank diese Zahl schnell wieder, denn die Eheschliessungen nahmen kontinuierlich ab. Man lebte hier alleine, wurde alt, sehr alt sogar, auf der anderen Seite war es um die Geburtenzahl schlecht bestellt. Eine Frau gebar, wenn diese Ausdrucksweise erlaubt ist, nur noch null Komma acht Kinder. Damit wir nicht ausstarben, warb man, wie andernorts auch, ausländische Familien, vor allem aber Arbeitskräfte an. Das führte zwar zu sozialen Spannungen, zu Parallelgesellschaften, bis hin zu bürgerkriegsähnlichen Zuständen, aber man akzeptierte im Grunde überall, dass wir unwiderruflich in einer globalen Welt lebten. Auch der Umstand, dass alle Kassen nicht nur leer waren, sondern Defizite in astronomischen Höhen aufwiesen, versetzte niemanden ernstlich in Unruhe. Wir lebten in einer Art Euphorie, die längst zum Normalzustand geworden war.«

30

Festland

»Die Tatsache, dass der Bewusstseinszerfall überall auf dem Vormarsch war, nahm man auch hier zur Kenntnis«, fuhr der Geistliche fort und kam abermals auf das Medikament zu sprechen, das in dieser Stadt entwickelt worden war. »Hier aber, und das musste nachdenklich stimmen, lag die Anzahl der Betroffenen seit jeher über dem Durchschnitt. Sie überragte ihn zwar nicht gravierend, aber es war den Statistiken deutlich zu entnehmen, dass es hier mehr Menschen gab, die an Bewusstseinszerfall litten, als anderswo. Das mochte klimatische, geographische, kulturelle oder sonstige Gründe gehabt haben. Man weiss es nicht. Eingeleuchtet hat mir jedoch die Erklärung eines Magistraten, der nach seiner Wahl in die Regierung das ihm zugewiesene Büro ablehnte mit der Begründung, sämtliche seiner Vorgänger, die an Bewusstseinszerfall gestorben seien, hätten in diesem Büro gearbeitet. – Was hier für den Ort im Kleinen spricht, kann ebenso gut für Dörfer und Städte gelten«, sagte der Geistliche nachdenklich. Er erhob sich nun von seinem Stuhl, wobei er Regina bedeutete, sitzen zu bleiben. Kurz darauf kehrte er mit zwei Bechern zurück. »Sie müssen trinken«, sagte er fordernd. »Gerade jetzt ist es wichtig, dass Sie viel trinken.«

Regina setzte den Becher an die Lippen und nippte an dem nach Minze duftenden Tee. Das tat gut. Wie lange hatte sie schon nichts mehr getrunken. Sie hatte den Durst, den sie sehr wohl verspürt hatte, gleichsam überblendet. Aber nicht nur dies, es war ihr fast alles gleichgültig geworden – alles, bis auf die Frage, was hier geschehen war.

Im Nebenraum wurde es nun lauter. Die Stimmen begannen sich zu überlagern und es war Regina, als sprächen die Schemen gerade das nach, was der Geistliche eben gesprochen hatte. Sie taten es jedoch nicht auf dieselbe nüchterne Art, sondern fast schon theatralisch. Es war wie ein grosses Rumoren, es klang so, als würden mehrere Blasen anschwellen, um nacheinander wieder zu zerplatzen, und indem das geschah, sprengten die Worte wie Pfeile in den Raum. Es war wie ein Angriff aus einem dunklen Jenseits. Dann erhob sich eine Stimme, die lauter und eindringlicher als all die anderen war. »Die Orte sind verdorben«, dröhnte es Regina in den Ohren. »Dieser Ort aber ist ein Kraftort. Hier erfährt man alles, aber man kommt nur von ihm frei, wenn man das Messer aus dem Stein zieht.« Regina verstand nicht. Sie sah kein Messer in einem Stein, wenngleich ihr das Bild präsent war. Sie hatte das Messer einst in einer italienischen Abtei gesehen, wo es als Heiligtum verehrt wurde. Die Abtei selbst war allerdings im Laufe der Jahre zerfallen. War das ein Omen?

Ungeachtet der Stimmen fuhr nun der Geistliche mit seiner Erzählung weiter. »Eines Tages«, hob er an, »es ist noch nicht lange her, wurde eine Ladung spezieller Bohnen aus Südamerika im Hafen gelöscht.

Das ist nichts Aussergewöhnliches. Diese Bohnenpflanze, die reichlich Eiweiss enthält, wird immer wieder geliefert. Diesmal aber verzögerte sich der Vorgang, weil ein Sturm den Hafen unter Wasser setzte. Hafengebäude wurden dabei beschädigt und zwei Kräne mussten ersetzt werden, sie hielten den Wassermassen nicht stand. Auch das Schiff, das die Bohnen geladen hatte, nahm Schaden; es gelang jedoch mit vereinten Anstrengungen der Werftarbeiter, der Feuerwehr und anderer Helfer, das Frachtgut an Land zu schaffen. Die Bohnen wurden kurz gelagert und dann weiterverarbeitet. Ob es Zufall war oder nicht ..., ein Grossteil der Produkte, denen das Bohneneiweiss beigegeben wurde, waren für diesen Ort bestimmt. Und dieses Eiweiss, das ist hinlänglich bekannt, kommt heute in unzähligen, man möchte sogar sagen, in fast allen Produkten vor. – Nun«, der Geistliche nahm einen Schluck und warf dabei einen prüfenden Blick in den Nebenraum, »bereits nach etwa zwei Monaten kam es zu den ersten Zwischenfällen. Darauf, dass die Vorfälle etwas mit den Bohnen zu tun haben könnten, kam natürlich niemand. Zunächst verzeichnete man einen rapiden Anstieg der Zuckerkrankheit. Dann aber, natürlich völlig unabhängig davon, kam es zu einem Gedächtnisverlust in epidemischem Ausmass. – Ich habe hier«, der Geistliche zog ein kleines Büchlein aus der Tasche, »den tragischen Bericht einer Frau, die den Gedächtnisverlust bei ihrem Mann miterleben musste. Ich möchte Ihnen gerne daraus vorlesen, damit Sie sich ein Bild der Situation machen können.«

Regina stand schon jetzt im Bann der Dinge, die sich hier ereigneten. Wortlos gab sie ihrem Gegenüber zu verstehen, dass er mit Lesen beginnen sollte.

Dabei musste sie erneut an den Vogel denken, den sie am Strand gefunden hatte.

31

Festland

Dienstag, 20. Juli …
Wie gewohnt machte sich mein Mann heute morgen zurecht, bevor er das Haus verliess. Vor dem Garderobenspiegel prüfte er ein letztes Mal den Sitz der Krawatte. Er fuhr sich mit der flachen Hand durchs Haar und wischte einen Fussel vom Jackett. Dann nahm er seinen Aktenkoffer in die rechte, und, wie immer etwas widerwillig, den Müllsack in die linke Hand. Ich schaute ihm durchs Wohnzimmerfenster nach. Als er hinter der Hecke hervortretend wieder in mein Blickfeld gelangte, hielt er nur noch den Müllsack in der Hand. Und damit ging er weiter …

Freitag, 23. Juli …
Mein Mann ging noch vor dem Frühstück in den Keller, um mit dem Installateur zusammen die Arbeiten zu besprechen, die erledigt werden mussten. Dazu gehörte auch das Entkalken des Boilers. Als er wieder nach oben kam, schaute er mich einen Moment lang verdutzt an und sagte dann, gleichsam entschuldigend: »Ach du bist es – ja natürlich, wer denn sonst …«

Montag, 2. August …
Mein Mann kehrte heute später als gewohnt von der Arbeit nach Hause. Das ist nichts Aussergewöhnliches. Oft zögern Sitzungen, unerwarteter Geschäftsbesuch und dergleichen mehr den Feierabend hinaus. Als er jedoch im Vorraum stand und seine Jacke ablegte, meinte er wie beiläufig: »Ich war etwas zerstreut. Nach der Arbeit bin ich zu meinem Elternhaus gefahren. Sonderbar, nicht? Ich wollte doch nach Hause kommen …«

Donnerstag, 5. August …
Dr. B., der Chef meines Mannes rief heute an. Er wollte die Einladung bestätigen, die er vor zwei Wochen ausgesprochen hatte. Ich tat so, als wüsste ich Bescheid und zeigte mich erfreut. Schliesslich kam er auf meinen Mann zu sprechen. »Was denken Sie«, meinte er quasi in einem Nebensatz, »nach zwanzig Jahren aufopfernder Tätigkeit für die Firma würde Ihrem Mann doch ein ausgedehnter Urlaub nicht schaden …«

Donnerstag, 19. August …
Mit K. zusammen beim Kaffee, als das Telephon klingelte. E. sei nicht im Büro erschienen, obwohl eine wichtige Sitzung angestanden hätte. Um halb elf Uhr kam E. zur Türe herein, legte ab, kam lächelnd in die Küche und fragte, ob das Mittagessen schon bereitet sei. Als ich ihn auf die Zeit aufmerksam machte, lächelte er fast etwas verlegen. Wie es im Büro gewesen sei, fragte ich ihn. »Ist denn heute nicht Sonntag?«, fragte er wie nebenbei.

Montag, 30. August …
E. ist jetzt zu Hause. Er steht mir ständig im Weg

herum. Ich bat ihn heute, den Gang zu wischen. Er tat es mit Hingabe. Als er damit fertig war, verteilte er jedoch den Staub wieder. Schon das dritte Mal hat er mich heute nach meinem Namen gefragt. Als ich ihn jeweils nannte, zuckte er nur mit den Schultern. Nachmittags machte er einen Spaziergang. Gegen Abend brachte ihn die Polizei zurück. Er war bei seinem Elternhaus gewesen, und da ihm niemand die Türe geöffnet hatte, ist er eben eingetreten und hat im Kinderzimmer zu spielen begonnen. Jetzt sitzt er am Esstisch und singt ein Kinderlied.

Montag, 6. September …
Heute haben sie E. abgeholt. Er wurde in die psychiatrische Klinik überführt. Man habe momentan zu wenig Platz, meinte der Pfleger. Die entsprechenden Fälle häuften sich. Bereits würden sechs Leute in ein Zweierzimmer gepfercht …

32

Festland

»Und so ging es weiter, unaufhaltsam«, fuhr der Geistliche fort. »Bald gab es in jeder Familie einen entsprechenden Fall. Dazu kam, dass jeder von der Krankheit oder der Seuche – je nachdem, wie man es benennen will – erfasst werden konnte. Bezog sich der seit längerem bekannte Bewusstseinszerfall in aller Regel auf alte Leute, so waren jetzt auch immer mehr jüngere Menschen davon betroffen. Und letztlich machte diese neue Geissel der Menschheit auch vor den Kindern keinen Halt mehr. Bald waren sämtliche Auffangstationen überfüllt. Man brachte die Leute in Pflegeheime, psychiatrische Kliniken, in Altenheime, Auffangstationen, in Spitäler, Kinderheime, Schulen, Horte, Kirchen und Kindergärten. Schliesslich richtete man auch in den Turnhallen entsprechende Lager ein. Zu Hause, in den Familien, gab es für solche Leute keinen Platz mehr, das war längst vorbei. Die Gesellschaft hatte sich ja gerade in diesem Ort dermassen individualisiert oder besser gesagt vereinzelt, dass schon lange jeder, der irgendwie aus der Norm fiel oder hilfsbedürftig war, einer für ihn ›massgeschneiderten‹ Anstalt zugewiesen wurde. Dass schliesslich nicht alles aus den Fugen geriet, war einem ganz besonderen und schrecklichen Umstand zu verdanken: Die Leute, die von der Krankheit befallen waren, starben relativ schnell. Das zog sich nicht mehr wie bisher über Jahre hin, nein, derjenige, bei dem die Symptome auftraten, hatte bestenfalls noch zwei, drei Monate zu leben.«

Regina kam, als der Geistliche kurz innehielt, ein: »Schrecklich«, über die Lippen. Zu mehr war sie nicht fähig. Sie hatte mit vielem gerechnet, hatte sich schlimme Szenarien ausgemalt, aber so etwas hatte sie nun wirklich nicht erwartet. Zögernd und fast ein wenig ängstlich fügte sie schliesslich hinzu: »Und was war mit den Bohnen, die sie eingangs erwähnten?«

»Ja, richtig, die Bohnen«, sagte der Geistliche. Von offizieller Seite wird natürlich alles in Abrede gestellt, wie das so üblich ist. Aber die Fakten sind schlüssig – die Ereignisse sprechen für sich. Als die Bohnen geliefert wurden, wurden sie auf alles Mögliche hin überprüft: auf Schadstoffe, Frischezustand und anderes mehr. Die Behörden sind da sehr restriktiv. Was sie jedoch übersahen, willentlich oder unwillentlich, das sei dahingestellt: Die Bohnen waren in ihren Erbanlagen, die sich in jeder Zelle befinden, verändert worden. Theologisch gesprochen: Die Genesis der Bohne war verändert oder sagen wir besser zerstört worden. Das hätte eigentlich nicht passieren dürfen, denn es ist verboten, entsprechende Produkte in unser Land einzuführen. Aber da spielten wohl der globale Druck und mafiöse Methoden zusammen.«

»Und Sie glauben, die manipulierten Bohnen haben das grosse Vergessen ausgelöst?«, fragte Regina skeptisch.

Der Geistliche nickte nachdenklich. »Ich wäre nicht darauf gekommen, zumal andernorts schon lange genetisch veränderte Bohnen und viele andere manipulierte Produkte konsumiert werden. Trotzdem hatte ich eine Vorahnung. Das Gefühl, dass mit den Bohnen etwas nicht stimmte, liess mich nicht mehr los, und so rief ich eines Tages den Apotheker an. Ich erwähnte die beiden Umstände – hier die grosse und tödliche Vergesslichkeit und dort die veränderten Bohnen – getrennt voneinander, aber der Apotheker zog sofort seine Schlüsse. Er kam noch am selben Tag herüber und setzte mir seine Theorie auseinander. Dass die Leute andernorts an den veränderten Produkten nicht starben, sagte er gleich zu Beginn, habe wohl mit verschiedenen Faktoren wie Ort, Zeit, Art der Veränderung und dergleichen mehr zu tun. Seelisch oder geistig, das betonte er mit Nachdruck, stürben sie gleichwohl. Das nehme nur niemand wahr, weil alle davon betroffen seien. – Danach holte er zu einer langen Erklärung aus, die ich hier nur gekürzt wiedergeben kann. Auch er griff dabei auf den Begriff der Genesis zurück. Eine Pflanze, ja überhaupt ein Lebewesen, sei mehr als die Summe seiner Teile, meinte er, schränkte jedoch ein, dass das zu mathematisch gedacht sei. Trotzdem könne diese Aussage zur Verdeutlichung herangezogen werden. Dieses Mehr bedeute, so der Apotheker weiter, dass die Pflanze als Ganzes komplexer und umfassender wirke, als die von ihr isolierten Teile. Wenn wir eine Pflanze essen, nähmen wir dabei deren Gestalt auf, das heisse, deren Erfahrung, die sich möglicherweise über Jahrmillionen hin gebildet habe. Wir nähmen – und das war vielleicht die Kernaussage – durch den Verzehr der Pflanze auch deren Gedächtnis auf. Das sei das grosse Mysterium des Essens. Durch die Veränderung der Erbanlagen der Pflanze würde sie jedoch ihres

Gedächtnisses beraubt. Sie sei dann keine Pflanze mehr, sondern nur noch Hungerstiller, funktionales Futter oder wie man dem auch immer sagen wolle. – Diese Aussage traf mich und die, die dem Gespräch beiwohnten, wie ein Schlag«, betonte der Geistliche. »Bis vor kurzem hätten wir darüber gelacht, jetzt aber fiel es uns wie Schuppen von den Augen. Durch die Manipulation wird die Pflanze gedächtnislos und dem Menschen, der davon isst, geht es genauso. Es ist fast wie im Märchen: Man isst von der verzauberten Pflanze und ist daraufhin dem Tod geweiht.«

Regina seufzte. Lange sagte sie nichts. Dann meinte sie vorsichtig: »Ist es denn nicht mit allem so? Wenn wir ein Bild betrachten, ein Porträt oder eine biblische Szene, dann erkennen wir in den Figuren den Menschen und darüber hinaus dessen Erfahrung – jene seines Lebens, des Lebens seiner Vorfahren, bis hin zu den Ursprüngen der Menschheit. Das macht den guten Porträtisten aus, dass er alles das sichtbar zu machen vermag, was sich als Erfahrung in den Gesichtern festgeschrieben hat. Beim gegenstandslosen, manipulierten oder digitalen Bild hingegen fehlt das alles. Da ist die Geschichte aufgehoben. Oder denken Sie an eine Landschaft. Wir sehen sie zwar, wie sie vor uns liegt, aber diese Landschaft ist gewachsen. Und genau das nehmen wir wahr und fühlen uns deshalb, wenn uns die Landschaft anspricht, geborgen. Das vermag eine künstliche Landschaft nicht.«

Der Geistliche nickte. »Das ist ein weites Feld«, sagte er.

33

Festland

Wieder entstand eine Pause. Schliesslich war es der Geistliche, der das Gespräch erneut aufnahm. »Man darf jetzt bloss keinen falschen Schluss ziehen«, meinte er vorsichtig abwägend. »Die veränderten Bohnen stellen ein Glied in einer langen Kette dar. Ausschlaggebend für die grosse Vergesslichkeit aber war der Umstand, dass sich der moderne Mensch seiner Geschichte und gleichzeitig seiner Gegenwart entledigte. Es ist genau so, wie Sie sagten: Dadurch, dass die Gesichter in den Bildern verschwanden, dass überhaupt alles künstlich errichtet wurde – das künstliche Leben im Film, die künstliche Arbeit durch die Industrie, die künstliche Gesundheit durch die moderne Medizin – dadurch verlor der Mensch seine Erfahrung und damit seine Geschichte. Das ist vielleicht das grösste Unglück, das ihm überhaupt widerfahren konnte.«

Der Geistliche erhob sich nun, begab sich zum Altar, zündete eine Kerze an und sprach ein Gebet. Er kam jedoch nicht dazu, es zu Ende zu sprechen, denn jemand stieg hastig die steinerne Treppe herunter und rief ausser Atem: »Feuer! Am Hafen ist ein Feuer ausgebrochen!«

Der Geistliche schaute erschrocken auf, und auch Regina drehte ihren Kopf der Person zu, die nun vornübergebeugt im Raum stand und nach Luft rang. Es handelte sich um eine Frau mittleren Alters. Regina war sich sicher, dass diese Person nicht viel älter als sie selbst war, obwohl sie den Eindruck einer alten, verbitterten Frau machte, die in kurzer Zeit ergraut war.

Der Geistliche ging auf die Frau zu und führte sie zu einem Stuhl. »Ist jemand da, der den Brand löscht?«, fragte er tief besorgt.

Die Frau schien die Sprache verloren zu haben. Sie schaute den Geistlichen wie von ferne an, so als hätte sie ihn noch nie gesehen. Dann richtete sie sich unvermittelt auf und sagte hastig: »Ein paar versuchen es mit Eimern und einfachen Spritzen. Viele sind wir nicht mehr. Und die wenigen, die noch einsatzfähig sind, haben bald keine Kraft mehr.«

Während die Frau sprach, erschienen in der Türe zum Nebenraum ein paar Gesichter. Regina schaute wie geblendet in die entsprechende Richtung, denn was sie sah, traf sie im Innersten. Das waren keine Menschen, die ihr entgegen blickten, es waren vielmehr Chimären, mutierte Wesen aus einer anderen Welt oder Zeit. Sie musste unweigerlich an Werwölfe denken, doch dann verwarf sie den Vergleich wieder: Selbst Werwölfe hatten im Entfernten etwas Menschliches an sich. Diese Gestalten jedoch waren dermassen leer, waren so sehr entstellt, dass man sie nicht mehr als Menschen ansehen konnte.

Während Regina in ihrem Entsetzen wie gelähmt dasass, drängten die Schemen in den Raum und begannen undeutlich Worte zu flüstern. Das Flüstern wurde jedoch schnell zu einem gebetsmühlenartigen Murmeln, dann zu einem lauten Sprechen und schliesslich zu einem Schreien. Gleichzeitig begannen diese Wesen im Kreis zu gehen, erst langsam, dann immer schneller, bis endlich ein zerfahrener Reigen entstand, der an ein Beschwörungsritual von »Wilden« oder »Kannibalen« erinnerte. Was Regina immer wieder aus dem Geschrei heraushörte, waren Sätze wie: »Feuer, wir haben die Welt dem Feuer preisgegeben, wir haben die Natur verraten«, und: »Die Welt wird zu einem Feuerball.«

Der Geistliche versuchte zu Beginn noch, die Gestalten zu besänftigen. Doch wurde er unwirsch zur Seite gestossen, und auch das laute, flehende Klagen der Frau, die die Botschaft übermittelt hatte, wurde schlichtweg ignoriert. Regina wich zurück. Sie drückte sich an die Wand und schloss die Augen. Während sie regungslos dastand, wurde der Lärm um sie herum plötzlich leiser. Er schwoll richtiggehend ab, wenngleich Regina spürte, dass das Ritual noch in vollem Gange war. Es war ihr, als zöge sie sich aus dem Geschehen zurück. Aber während die Geschehnisse um sie herum verblassten, zogen mächtige Bilder vor ihrem inneren Auge auf. Zunächst drangen die Bilder lautlos und wie von ferne auf sie ein. Es blieb jedoch nicht dabei, denn das Geschaute begann sich unweigerlich zu vergegenständlichen. Bald war Regina mitten in den Bildern; sie hatte an dem Geschehen teil, an einem Geschehen, das sich unweit der Kirche abzuspielen schien. Was sie sah, war ihr zunächst noch fremd, aber schnell stellte sich eine sonderbare Vertrautheit ein. Was war das, ein realer Traum, eine Verschiebung der Zeit? Regina wusste es nicht. Sie nahm nur wahr, dass sie sich in einer neuen Realität befand, der sie nicht einfach beiwohnen konnte, sondern in der sie handeln musste.

34

Festland

Regina stand auf dem Marktplatz. Sie glaubte zumindest, sich da zu befinden, denn die Häuser kamen ihr bekannt vor, und da drüben, richtig, da stand jenes Haus, das sie nach ihrer Ankunft in dieser Stadt betreten und in dem die eigentliche Odyssee begonnen hatte. Noch war es Nacht, aber am Horizont begann es schon zu dämmern. Alles wirkte zu dieser Zeit noch kulissenhafter und unwirklicher als am hellichten Tag. Dass es Regina jedoch fröstelte, das war real, genauso wie der Umstand, dass eine Türe nach der anderen aufging und Leute auf die Strasse traten. Regina stand ungläubig da. Was hatte das zu bedeuten? Warum verliessen alle diese Leute im Morgengrauen ihre Häuser? Sie zupfte einen Mann, der neben ihr stand und im Begriff war, mit der Menge weiterzuziehen, am Ärmel und fragte ihn, was hier los sei.

»Was los ist?«, fragte der Mann und schaute Regina ungläubig an. »Die Stunde der Wahrheit ist gekommen, Sie sehen es ja, jetzt wird aufgebrochen.«

»In das Land, in dem Milch und Honig fliessen«, sagte jemand in unmittelbarer Nähe, der das Gespräch mitbekommen hatte.

»Haben Sie das Signal nicht gesehen?«, fragte ein Dritter. »Wenn der Komet kommt, das wussten wir instinktiv, dann ist es soweit.«

Regina richtete ihren Blick zum Himmel empor. Da der Marktplatz sehr weit und die ringsum stehenden Häuser relativ niedrig waren, konnte sie das Firmament gut überblicken. Aber da war nirgends ein Komet.

Regina senkte ihren Blick wieder und schaute sich in ihrer Unschlüssigkeit die Leute genauer an. Manche trugen Anzug und Krawatte, andere Arbeitskleidung, aber die meisten hatten sich einen Morgenmantel übergezogen. Das Signal musste unvermittelt erfolgt sein. Mancherorts weinte ein Kind, das seine Eltern verloren hatte. Ein Freier ordnete seine Kleidung, während die Dame, die neben ihm stand, sich ihre Federboa um den Hals band. Es herrschte Aufbruch, Hektik, Nervosität und da und dort entstand auch ein Durcheinander. Regina erinnerte sich an jene Abenteuergeschichten, in denen der Goldrausch ausgebrochen war. Gerade so wirkte diese Szene hier.

»Kommen Sie mit«, sagte nun der erste Mann und nahm Regina am Arm. »Wer zu spät kommt, bleibt draussen vor der Tür.«

Regina riss sich los, doch mittlerweile hatte sich der Platz dermassen mit Leuten gefüllt, die alle in eine Richtung drängten, dass es für sie keine Wahl mehr gab. Sie musste wohl oder übel mit der Menge mitziehen.

Wieder war dieser Mann neben ihr, nur kurz, dann schob sich ein anderer dazwischen. Regina rief ihm nach, wohin denn die Reise ginge. Da erblickte sie ihn wieder. Er hatte den Kopf zu ihr gedreht und rief ihr zu: »Wir folgen den Zeichen. Folgen Sie uns nur nach.«

Regina konnte damit nichts anfangen. Überhaupt war ihr alles, was sich hier abspielte, ein Rätsel. Auch die Antworten, die sie auf ihre Fragen erhielt, trugen nichts zur Klärung bei, im Gegenteil, alles wurde dadurch nur noch undurchsichtiger und verworrener.

Der Menschenstrom bewegte sich dem oberen Ausgang des Platzes zu. Eine Strasse, die beidseits von Häusern gesäumt war, führte weiter, zuerst durch Teile der Altstadt und dann hinaus in jüngere Quartiere. Der Übergang in diese Strasse war wie der Gang durch ein Nadelöhr. Es kam auf dem Platz zu einem grossen Stau, wobei es für den Einzelnen keine Ausweichmöglichkeit gab. Das galt auch für Regina. Sie war richtiggehend eingeklemmt, und sie spürte, wie die Beengung sich allmählich zu einer Platzangst steigerte. Hinter ihr mussten sich ganze Heerscharen befinden, und vor ihr – wie weit reichte der Zug bereits? Dass es immer mehr wurden, die sich der Masse wie auf Kommando anschlossen, ahnte jeder, der in dem Zug mitmarschierte. Regina stellte sich die Situation aus der Vogelperspektive vor. Wie eine Raupe bewegte sich die Masse dem Ausgang der Stadt zu. Was das gefrässige Tier anlockte, waren jedoch nicht frische, grüne Blätter, sondern vielmehr – Regina stellte sich das so vor – ein unendlich starker, unsichtbarer Magnet, der auf all jene wirkte, die entsprechend gepolt waren.

»Nicht stehen bleiben, junge Frau«, sagte nun ein älterer Herr, der hinter Regina ging. Regina blickte sich kurz um, dann ging auch sie wieder im Gleichschritt mit den anderen.

»Sie sehen aus, als wollten Sie gar nicht mitgehen«, sagte nun dieselbe Stimme und Regina spürte, wie sich eine Hand auf ihre Schulter legte.

»Habe ich denn eine Wahl?«, fragte Regina.

»Jetzt nicht mehr«, war die Antwort, »aber noch vor kurzem hätten Sie sie gehabt.«

»Das ist ein schwacher Trost«, meinte Regina.

»Aber nein«, sagte der ältere Herr, der nun neben Regina ging. »Sie müssen das als Chance sehen.«

»Man sagt, es sei ein Komet erschienen«, sagte nun Regina, die hoffte, endlich mehr über den Beweggrund dieser Menschen zu erfahren.

Der andere grinste und verdrehte für Momente die Augen. »Nennen Sie es, wie Sie wollen«, sagte er, »aber im Grunde ist der Vergleich gar nicht so schlecht. Sehen sie den Lichtkegel da vorne? Zumindest weist er gegen den Him…« Weiter kam er nicht. Zwar rang er sichtlich nach Worten, aber er brachte sie nicht über die Lippen.

Regina schaute in die angegebene Richtung. Sonderbar, dachte sie, dass sie das nicht schon vorher bemerkt hatte. Eine riesige Lichtsäule ragte in den sternenlosen Himmel empor.

35

Festland

Regina blieb staunend stehen. Unweigerlich wurde sie jedoch von der Menschenmenge wieder nach vorne gestossen.

»Wenn die Masse in Bewegung ist, hat das Staunen keinen Platz mehr.«

Regina schaute sich um. Wer hatte das gesagt? Hatte sie sich diese Worte eingebildet?

Nein. Eine junge Frau, etwa halb so alt wie Regina, lächelte ihr zu. Regina lächelte zurück. Sie hatte jedoch grosse Mühe, die junge Frau nicht aus den Augen zu verlieren. Doch dann standen sie plötzlich nebeneinander. Schnell ergriff die fremde Frau Reginas Hand und zerrte sie energisch zur Seite. »Kommen Sie«, rief sie Regina zu. »Sie müssen stossen und treten, sonst kommen Sie nicht weiter.«

Regina nahm ihre freie Hand zu Hilfe und bahnte sich einen Weg quer durch die Menge. Zum Glück waren sie schon vorher nahe am Strassenrand gegangen. So brauchte es nicht mehr viel, und sie standen an einer Hauswand und konnten den Menschenstrom an sich vorbeiziehen lassen. Regina atmete tief durch. »Was das Staunen alles bewirken kann«, sagte sie in einem Anflug von Heiterkeit.

Die Frau lächelte. »Manchmal ist es ganz einfach«, sagte sie. »Ein Schritt in die richtige Richtung, und man geht nicht mehr mit dem Strom.«

»Das klingt fast philosophisch«, meinte Regina.

»Aber es ist die Wahrheit. Jetzt brauchen Sie auch nicht gegen den Strom zu schwimmen, was sowieso sinnlos ist. Hier an den Hauswänden sind wir gleichsam im Hinterwasser. Wir könnten ohne weiteres zurückgehen.«

Jetzt lachte Regina. »Oder abwarten, bis der Zug vorüber ist ...«

Die junge Frau nickte. – »Sie staunten über das Licht?«, sagte sie nach einer kurzen Pause und musterte Regina eingehend.

»Wissen Sie, was es bedeutet?«, fragte Regina.

»Keine Ahnung«, sagte die junge Frau. »Wahrscheinlich leuchten sie beim Wasserturm oben mit Scheinwerfern in den Himmel. Wichtiger scheint mir jedoch, dass seit Tagen in der Stadt ein Gerücht umgeht, wonach das zu erwartende Licht bald erscheinen werde und dass es den grossen Aufbruch verkünde.«

»Den grossen Aufbruch?«

»Was damit gemeint ist, weiss ich auch nicht. Ich fürchte sogar, dass das niemand weiss. Aber es genügt anscheinend schon, wenn man solche Worte verbreitet.«

»Und wer verbreitet sie?«, fragte Regina.

»Wer? Die Mieter in der unteren Stadt, die Villenbesitzer am Berg, die Industriellen, die Gelehrten, die Hausfrauen und die Angestellten, kurz alle, die dazu gehören wollen und die das glauben, was gerade geglaubt werden muss. Deshalb hat es ein Gerücht immer leicht. Verbreitet werden sie heute nicht mehr nur durch Tuscheln und hinter vorgehaltener Hand, sondern ganz offiziell durch die Informationsorgane.«

»Das klingt nach einem politischen Statement«, erwiderte Regina.

»Vielleicht«, sagte die junge Frau. »Aber schauen Sie sich die Leute doch an. Wie Schafe, die zum Metzger gebracht werden, gehen sie hintereinander her.« Mit diesen Worten nahm sie Regina bei der Hand und drückte sich in die der Herde entgegengesetzte Richtung der Häuserzeile entlang.

Regina hatte Mühe ihr zu folgen. Immer wieder wurde sie durch eines der Gesichter abgelenkt, in die sie jetzt oft frontal blickte. Und obwohl sie unablässig in Gesichter blickte, fuhr sie ein ums andere Mal zusammen. Was sie sah, waren keine wirklichen Gesichter, sondern vielmehr Versteinerungen. Bernsteingesichter, dachte sie, vielleicht auch Wachsgesichter – gerade so, als ob sie mumifiziert wären. So gut es ging, wandte Regina ihren Blick ab. Ein paar Schritte vor ihr ging diese junge Frau, flink wie ein Wiesel und selbstsicher wie eine Halbwüchsige. Aber sie war keine Halbwüchsige, sondern eine erwachsene junge Frau. Schön war sie, aber es war keine Schönheit im modischen Sinn. Ihr Schritt war zügig, so als leite sie ihr Instinkt an Klippen und Untiefen vorbei, einem sicheren Ziel zu. Ihre Stimme war wohltuend weich und nicht zu hoch – keine Anzeichen von Selbstgefälligkeit. Und ihre Erscheinung war knabenhaft und fraulich zugleich. Solche Leute sah man in dem Strom nicht, der aus der Stadt hinausdrängte.

Plötzlich blieb die junge Frau stehen, drehte sich zu Regina um, nahm sie bei der Hand, und ehe Regina begriff, was geschehen war, fiel hinter ihr eine Türe ins Schloss. Damit waren zwei Welten voneinander getrennt. Regina war es, als wäre sie aus einem tiefen Schlaf erwacht. Hatte sie von der Massenveranstaltung nur geträumt, hatte sie einem Geschehen beigewohnt, das bereits vergangen war oder sich erst ereignen würde? Sie wusste es nicht. Sie wusste nur, dass sie jetzt wieder in der Realität stand, dass der Traum vorüber war. Wie war sie aber von der Kirche hierher gekommen? Eine stille Ahnung sagte ihr, dass sie sich von den Schemen losgerissen hatte und in die Nacht hinaus gerannt war. Dabei musste sie wohl dieser Frau begegnet sein. Regina schaute sich ängstlich um. Das Tor, durch das sie gegangen waren, hatte sie in eine Seitengasse geführt. Unschlüssig blieb Regina stehen. Alles ging so schnell und veränderte sich unerwartet.

Die junge Frau erriet Reginas Verblüffung und warf ihr einen zustimmenden Blick zu. »Eine einzige Türe«, sagte sie, »und man ist in einer völlig anderen Welt.« Sie sprach diese Worte ganz normal, Regina aber kamen sie feierlich vor. Es lag für sie viel mehr Bedeutung in dem Satz, als die einzelnen Wörter ahnen liessen. Ruhig war es in dieser Gasse. Man konnte wieder in normaler Lautstärke miteinander sprechen. Und dann lag hier etwas in der Luft, das Regina irgendwie beglückte. Was es war, konnte sie nicht sagen. Sie fühlte sich einfach wohl und nicht mehr so gehetzt.

36

Festland

Während sie die Gasse entlang gingen, sprachen die beiden Frauen nur wenig. Regina war froh, dass sie keine Frage zu ihrer Person oder über den Grund ihres Hierseins beantworten musste. Nicht einmal das Geschehen auf dem Hauptplatz wurde erörtert, aber das mochte seine guten Gründe haben. Dennoch schien es Regina, als herrschte zwischen ihnen beiden ein wortloses Einverständnis. Im dämmrigen Licht dieser schmalen, hohen Gasse wirkte ihre Begleiterin noch reifer und selbstbewusster – es ging von ihr eine beneidenswerte Lebendigkeit und Natürlichkeit aus. Wieso ihr das so besonders auffiel, konnte Regina nicht sagen. Sie wunderte sich selbst, denn sie war keine ausgesprochen gute Beobachterin. Vielleicht war es einfach nur der Kontrast, der sich deutlich abzeichnete – der Kontrast zu den Schemen in der Kirche und auch zu den Leuten, wie sie sie auf dem Platz – vielleicht schon visionär – gesehen hatte. Diese Leute, das wurde ihr jetzt bewusst, waren vergessene Leute, und deren Gesichter strahlten dieses ganze Vergessene aus. Vergessene Gesichter waren ohne Tiefe, ohne Richtung und ohne Kontur. Das war bei dem Gesicht der jungen Frau ganz anders. Es war ein Gesicht, in dem die Erinnerungen abzulesen waren – ein durchaus lebendiges Gesicht. Und genauso, das war vielleicht noch sonderbarer, verhielt es sich mit den Häusern in dieser Gasse. Auch sie strahlten etwas Tiefes aus, sie hatten gleichsam einen Vorder- und einen Hintergrund – und, Regina sah das in diesem Moment ganz deutlich, sie besassen eine Erinnerung. Dadurch lebte in ihnen ein Geheimnis. Den meisten Häusern draussen auf dem Platz, noch mehr aber jenen in den Vorstädten, fehlte diese Tiefe. Sie waren, genauso wie die Gesichter der Menschen: flach und ausdruckslos. Mauern, Bleche und Scheiben wie Löcher und vor allem gut abgedichtet, damit kein Erlebnis hinein- und kein Geschehen herausdringen konnte. So standen diese Häuser in zeitloser Isolation da. Und die Menschen waren stolz auf sie und freuten sich, wenn sie ihr Spiegelbild auf den Fassaden erblickten. – Regina träumte. Aber sie wusste, dass sie träumte. Es gefiel ihr sogar zu träumen; Träume waren für sie im Moment realer und auch wirklicher als die Realität.

Leichten Schrittes gingen die beiden Frauen über das Kopfsteinpflaster. Ein seltsames Zwielicht herrschte, aber man sah doch genug, um den Weg nicht zu verfehlen. Dass der Mond sie freundlich begleitete, war Regina noch gar nicht aufgefallen. Er bewegte sich dem First eines stattlichen Hauses entlang und schien zu lächeln. Regina lächelte zurück und umfing das helle Gesicht mit beiden Händen. Ihre Begleiterin lachte auf. Sie hatte Regina beobachtet und freute sich über das kindliche Spiel. »Man darf den Humor nie verlieren«, sagte sie wie nebenbei. »Und auch das Spielerische muss man sich bewahren«, ergänzte Regina. Beide lachten.

Während sie, vom Widerhall ihrer Schritte begleitet, den Weg entlang gingen, tauchte in einiger Entfernung plötzlich ein Licht auf. Es war das einzige Fenster in dieser Gasse, das beleuchtet war.

»Bald sind wir da«, meinte die junge Frau. Mehr sagte sie jedoch nicht.

Regina stutzte. Wo sollten sie bald sein, und was würde sie da erwarten? Statt nachzufragen, zog sie es jedoch vor, sich überraschen zu lassen. Immerhin hatte sie sich an Überraschungen langsam gewöhnt. Wieder musste sie lachen. Wie konnte man sich an Überraschungen gewöhnen? Das war doch ganz unmöglich. Aber möglich oder unmöglich, was spielte das für eine Rolle. Für sie ging das Unmögliche immer mehr auf, während manches, das möglich erschien, sich als Paradoxon erwies.

37

Festland

Als sie dem Haus näher kamen, begann sich manches langsam und fast unmerklich zu verändern. Plötzlich lag ein Duft in der Luft, der an eine gute und üppige Küche denken liess. Auch wurden Stimmen laut, zunächst noch unverständlich, aber sie klangen freundlich, fast leidenschaftlich sogar. Zwischendurch drangen Klänge vertrauter Musik an Reginas Ohr. Wie war das möglich?, überlegte sie. Hier wurde gefeiert, während in der Stadt etwas Unheimliches vor sich ging, eine Katastrophe sich abzeichnete, von der man in diesem Haus bestimmt wusste. Vielleicht, rechtfertigte sie ihre Überlegungen, wurde hier ein letztes Fest gegeben, und was so herrlich duftete, war nichts anderes als eine Henkersmahlzeit. Möglich ..., aber nein, das konnte es nicht sein. Nur, was war es dann? Die Antwort blieb zunächst aus. Die junge Frau führte Regina an ein stattliches Tor, das einen Spalt weit geöffnet war. Ohne anzuklopfen, traten die beiden ein. Sie gelangten in einen Hof, der durch Fackeln erhellt war. In ihrem Schein wirkte das ohnehin alte Gemäuer noch viel geheimnisvoller. Zugleich verhüllte es seine ausgesprochene Pracht, gab sie vielmehr nur stückchenweise preis. Regina dachte, unter dem

Torbogen stehend, an einen Adelssitz. Damit lag sie gar nicht so falsch, denn eine Inschrift, die seitlich des Bogens angebracht war, datierte das Haus auf das achtzehnte Jahrhundert und wies es als Wintersitz eines wohlhabenden Bürgers aus. Im Hof standen mehrere Personen in kleinen Gruppen zusammen. Lebhafte Gespräche waren im Gange – man registrierte die Eintretenden nicht oder nur mit einem flüchtigen Blick. Die junge Frau legte ihre Hand auf Reginas Rücken und schlenderte mit ihr den Arkaden entlang auf den Hauseingang zu. Die Haustüre stand offen. Durch sie gelangte man in einen nicht übermässig grossen, aber hohen Vorraum, an den sich auf der einen Seite die Küche anschloss, auf der anderen ein Gang, über den die beiden Frauen in den Salon gelangten. Auch hier das gleiche Bild wie im Hof: Leute sassen oder standen zusammen und sprachen lebhaft miteinander. Die Themen waren ernst, das nahm Regina sogleich wahr, obwohl sie nicht ausmachen konnte, wovon gesprochen wurde. Trotzdem wirkte hier nichts bedrückend: Man liess sich anscheinend auf das jeweilige Thema ein, ohne sich vom Thema selbst einnehmen zu lassen. So jedenfalls legte Regina die Stimmung aus, die hier vorherrschte. Sie wurde an einen kleinen Tisch geführt, der etwas abseits stand. Vier Personen waren hier in ein Gespräch vertieft. Die Weingläser waren gefüllt, es wurde geraucht.

Als man die beiden kommen sah, erhob sich ein stattlicher, älterer Herr mit grauem Haar. »Sabina« sagte er freudig überrascht und nahm seine Tochter in die Arme. Nach dieser herzlichen Begrüssung bot man Sabina einen Stuhl an und schenkte ein Glas ein. Auch die anderen Leute am Tisch reichten Sabina freundschaftlich die Hand. Bevor sie sich jedoch setzte, drehte sie sich zu Regina um und bat sie an den Tisch. »Darf ich vorstellen«, sagte sie mit einem leisen Lächeln auf den Lippen ... Dann musste sie laut lachen, da ihr soeben eingefallen war, dass sie Reginas Namen gar nicht kannte. Regina kam ihr jetzt zu Hilfe und stellte sich selber vor. Auch sie wurde herzlich begrüsst und in die Gemeinschaft aufgenommen. Als alle einen Schluck genommen hatten, war es Sabinas Vater, der als erster das Wort ergriff. »Ihr wart draussen?«, fragte er mit ernster Stimme.

»Ja«, antwortete Sabina, »aber es ist alles beim alten: die Strassen menschenleer, die Häuser unbewohnt. Wir leben in einer Geisterstadt. Keine Menschenseele, ausser ...«, sie deutete bei diesen Worten auf Regina, die nur mit einem Ohr zugehört hatte. Regina waren Sabinas Worte aber nicht entgangen, sie schreckte sogar richtiggehend auf, als man von ihr sprach. Lebhaft erinnerte sie sich an das Bild der Menschenmasse, die sich auf dem Platz versammelt hatte, der unzähligen Leute, die ihre Häuser verlassen hatten und hinausgedrängt waren, hin zu einem fernen Ort. Hier hatten sie sich doch auch getroffen. Warum erwähnte Sabina diesen Umstand nicht? Dann aber fiel ihr ein, dass das Ganze wohl eine Vision gewesen sein musste – vielleicht auch ein Traum, aus dem sie erst erwacht war, als das Tor zu der Seitengasse ins Schloss gefallen war. Sie schaute vorsichtig in die Runde. Traum und Wirklichkeit – wo lag hier der Unterschied?

38

Festland

Am Tisch wurde über die Geisterstadt gesprochen. Regina erfuhr jedoch nicht viel Neues. Man stand wohl auch hier noch unter dem Schock dessen, was in den vergangenen Stunden geschehen war. Als das Gespräch für einen Moment ruhte, nahm Regina ihren Mut zusammen und erkundigte sich nach der Menschenmasse, die aus der Stadt geflüchtet war. »Ich weiss nicht, was es damit auf sich hat«, begann sie, »aber man sagt, die Leute hätten die Stadt verlassen …«

»Sie sind wohl nicht von hier«, sagte Sabinas Vater und fügte an, »sonst wären Sie über den Stand der Dinge informiert.«

Regina nickte. »Ich bin, das heisst, wir sind erst gestern von der Insel herübergekommen. Zunächst bemerkten wir nichts Aussergewöhnliches, aber dann …« Regine machte eine Pause. Sie musste an Philipp denken. Wo mochte er bloss sein? War er dem Rätsel auf die Spur gekommen? Angst hatte sie sonderbarerweise keine um ihn. Er würde sich, sofern die Gefahr realer Natur war, schon zu helfen wissen, da war sie sich sicher. Vermochte er aber auch anderen Gefahren zu widerstehen – und worin würden diese Gefahren bestehen? Statt dass ihr eine Antwort zugeflogen wäre, war es Sehnsucht, die sie überkam. Schnell begann sie nun zu erzählen, was ihr danach passiert war: der Gang durch das verlassene Haus, dann natürlich das Erlebnis in der Kirche und die Begegnung mit Sabina ...

Die Leute am Tisch hörten aufmerksam zu. Niemand wagte es, Regina zu unterbrechen. Als sie abermals auf die Ereignisse in der Kirche zu sprechen kam, war es Sabina, die sich nach dem genauen Ort erkundigte.

»Es muss eine sehr alte Kirche gewesen sein«, meinte Regina, »Romanik oder frühe Gotik – sie steht, wenn ich mich recht erinnere, in einem Winkel des Hauptplatzes ...«

»Die Dreifaltigkeitskirche«, sagte jemand am Tisch. »Sie steht unweit des Rathauses; man sieht sie jedoch kaum mehr, seitdem dort gebaut wurde.«

»Ein trauriges Kapitel«, warf jemand ein. »Einst wollte man die Kirche abbrechen, jetzt steht sie aber unter Schutz.«

»Wenn man sich nicht mehr zu helfen weiss, verkehrt man die Dinge schnell in ihr Gegenteil«, sagte jener, der den Namen der Kirche genannt hatte.

»Wie reagiert übrigens die Politik?«, fragte ein anderer, dem die Erwähnung des Rathauses das Stichwort gegeben hatte.

»Der Präsident musste die Geschäfte schon vor ein paar Wochen seinem Stellvertreter übergeben, nachdem er weder seine engsten Mitarbeiter noch seine Ratskollegen wiedererkannt hat«, wusste jemand zu berichten. »Eine Ironie des Schicksals ist es wohl, dass er seine letzte Rede vor der Opposition gehalten hat, und zwar im Glauben, er spreche zu seiner eigenen Partei.«

Ein heiteres Raunen ging durch die Runde. Richtig lachen mochte indes niemand.

»Zunächst wurde die Situation von offizieller Seite völlig verkannt«, berichtete ein junger Mann, der sich als freier Journalist ausgab und den man hier zu kennen schien. »Man spielte die Ereignisse herunter, sprach von Einzelfällen und vorübergehenden Symptomen. Als sich die Angelegenheit aber nicht mehr bagatellisieren liess, wurde generalstabsmässig vorgegangen. Die Hilfe wurde staatlich organisiert, Solidarität wurde verordnet, mit dem Ergebnis, dass jene Hilfseinheiten, die sich spontan aus Menschlichkeit und Herzlichkeit gebildet hatten, zerschlagen und ihre Exponenten in das Räderwerk der neu gegründeten Organisationen eingefügt wurden. Damit wurden sie selbstredend ihrer eigenen Initiative beraubt.«

»Die Politik spielt tatsächlich eine traurige Rolle«, sagte nun Sabinas Vater. »Aber das war nicht anders zu erwarten. Übrigens ist ›reagiert‹ das richtige Wort. Von agieren konnte ja nie die Rede sein. Selbst das Reagieren verläuft jetzt träge und ohne ersichtlichen roten Faden. Das hängt natürlich auch damit zusammen, dass nicht die besten Köpfe gewählt wurden, sondern jene, die mehrheitsfähig waren. Das Mehrheitsfähige kommt aber nie über den Durchschnitt hinaus; das ist fast schon ein Naturgesetz. Dazu kommt, dass sich die drei staatstragenden Gewalten mit der Zeit verschoben haben. Ursprünglich bestanden sie aus Regierung, Parlament und Justiz, neuerdings jedoch bilden die Regierung, die Medien und die Industrie die Grundpfeiler, wobei die Regierung wohl das schwächste Glied darstellt.«

Der Journalist pflichtete dem bei. »Waren die ursprünglichen staatstragenden Gewalten voneinander getrennt – Gericht, Parlament und Regierung stellten eigenständige, voneinander unabhängige Grössen dar«, ergänzte er, »so kam es unter den neuen Mächten schnell zu Verflechtungen. Ein Medienzar oder ein Star der Unterhaltungsindustrie konnte ohne weiteres Präsident werden, während die Industrie Einsitz in den Parlamenten und Regierungen nahm. Das passte natürlich gut zum gesellschaftlichen Wandel. Wo immer möglich, wurden mit politischer Billigung Grenzen niedergerissen. Alles war möglich, alles war erlaubt. Dass der Mensch zum Spielball dieser Entwicklung wurde, erkannten die wenigsten. Der Bürger glaubt nach wie vor, wählen zu können, im Grunde hat er jedoch längst keine Wahl mehr. Es ist ein Paradoxon: Während jeder seiner Schritte beobachtet oder gar überwacht wird, während er von einer nie dagewesenen Flut von Gesetzen und Regelungen bestimmt wird, fühlt er sich so frei wie nie zuvor. – Die Politik, das ist das traurige Resümee, hat Beihilfe zur Blossstellung und Verwertung des Menschen geleistet, und der Mensch hat sich dabei selbst verraten …«

39

Festland

War es bereits Verrat, wenn man in dieser Welt einfach mitmachte? Regina war sich unschlüssig. Man war doch auf diese Welt gestellt worden, um auf ihr zu leben. Man musste auf ihr existieren, musste sein tägliches Brot verdienen, musste ein Dach über dem Kopf und Geld für die alltäglichen Dinge haben. Und trotzdem: Vielleicht gab es Zwischenstufen, was das Mitmachen anbelangte. Sie musste an die Pharisäer von damals denken. Sie zählten zu den Mitläufern, während die Jünger zu den Aussenseitern gehörten. Nein, sie waren nicht einfach Aussenseiter, sie gehörten gar nicht dazu. Zu essen hatten sie gleichwohl. Und heute? Zu den Pharisäern zählten heute praktisch alle, auch deren Kritiker. Wirklich Aussenstehende, Leute, die gänzlich unabhängig dachten, gab es so gut wie keine. Oder vielleicht doch? War sie hier, in diesem Haus, auf eine Gruppe Aussenstehender gestossen? Bevor sie sich weitere Gedanken darüber machen konnte, vernahm sie eine Stimme im Hintergrund, die ihr vertraut vorkam, und der die anderen am Tisch ehrfürchtig zu lauschen begannen. Aber es war gar nicht die Stimme, die Regina kannte, es waren die Worte, die vorgetragen wurden.

»... Ein Zeichen sind wir, deutungslos,
Schmerzlos sind wir und haben fast
Die Sprache in der Fremde verloren ...«

Noch weitere dieser Verse wurden vorgetragen. Die Leute im Raum klatschten. Regina war gerührt. Man hatte ihre Verse vorgetragen – zwar nicht jene Verse, die sie bei der Ankunft auf der Insel aufgesagt hatte, aber irgendwie schien es ihr, als ergänzten die Verse von der verlorenen Sprache jene von der verlorenen Welt auf das Vortrefflichste. Und dann begriff sie, was es mit dem Mitmachen auf sich hatte: Man war heute gezwungen, mitzumachen. Der musische Geist aber musste sich irgendwann davon befreien, musste über eine schmale Brücke gehen, bevor er auf die andere Seite kam – jene Seite, die die Seine war und auf der er frei leben konnte. Bevor ihm das aber gelang, klagte er über die Verstricktheit in die Zwänge und Absichten der heutigen Pharisäer. Er klagte, aber in seinen Worten lag bereits die Verheissung der anderen Seite, sie waren mit dem Duft und dem Klang des Jenseitigen angereichert. Das war es, was Hölderlin hier zum Ausdruck brachte.

Nachdem weitere Gedichte vorgetragen worden waren, erklang Musik. Auf einer Laute wurden anmutige Töne angeschlagen. Am Tisch wurde das Gespräch wieder aufgenommen.

»Sie wollten doch eben wissen, was es mit der Menschenmasse auf sich hat, die aus der Stadt geflüchtet ist«, sagte Sabinas Vater zu Regina gewandt.

Regina nickte. »Ich sah ... jedoch nicht wirklich ... vielleicht war es eine Vision – jedenfalls verliessen Tausende von Leuten die Stadt ...«

Der Mann seufzte und nickte dabei. »Das begann vor ein paar Tagen. Das grosse Vergessen hatte die Stadt in Unruhe versetzt. Täglich starben Dutzende von Leuten, brachen bei Hunderten die Symptome der Krankheit aus. In einer solchen Situation sehnt man sich nach einer starken Hand, nach einer Stimme, die eine Lösung der Probleme verspricht und einen gangbaren Weg aufzeigt. Das ist die Stunde der Ideologen, der Blender und Pharisäer. Sie haben in solchen Situationen ein leichtes Spiel, und sie werden gehört. Die wirklich wahren Stimmen aber verblassen. Sie werden nicht nur nicht gehört, man verbietet ihnen sogar zu sprechen, und das schon Monate, Jahre oder gar Jahrzehnte im Voraus. Wir haben die ganze Zeit unter den Ideologen und Pharisäern gelebt, und niemand hat es gemerkt – fast niemand. Sie treten zwar als einzelne Personen auf, aber sie haben immer Gruppierungen in ihrem Rücken, Parteien und Institutionen, und sie stützen sich auf die jeweiligen Rechtsformen und Verfassungen ab. Die heutigen Volksverführer«, sagte der Mann mit Nachdruck, »sind diejenigen, die in jeden ihrer Sätze das Wort Demokratie einflechten.«

Regina verwirrten die Worte von Sabinas Vater. Sie hatte etwas über die Menschenmasse zu erfahren gehofft, stattdessen setzte man ihr eine undurchsichtige Verschwörungstheorie auseinander. Fast etwas unwirsch sagte sie deshalb: »Und die Menschenmasse ...«

Sabinas Vater lächelte. »Die Vorgeschichte musste ich kurz andeuten«, sagte er, »sonst würden Sie das Folgende nicht verstehen. Ich müsste noch viel weiter ausholen, aber ich fürchte, es fehlt uns dazu die Zeit.«

40

Festland

In dem Haus herrschte eine angenehme, wohltuende Stimmung. Man sprach ernsthaft miteinander, aber der Ernst vermochte sich der Leute nicht zu bemächtigen. Zuviel Heiterkeit war noch in ihren Gemütern. Regina kam es vor, als wäre sie hier in der letzten Bastion der Gerechten angelangt – als wäre sie auf einer Art Arche, die den Wahrhaftigen Unterschlupf bot. Das war sehr edel und vielleicht auch etwas selbstgerecht gedacht, aber Regina gefiel der Gedanke. Man musste nicht immer korrekt sein.

Neben der Türe, an die Wand gelehnt, stand Sabina. Regina sah, wie sie mit einer schlicht gekleideten, älteren Dame sprach. Kein Zweifel, es musste sich um ihre Mutter handeln. Die Frau hatte etwas Strenges an sich, gleichzeitig strahlte sie aber auch Herzlichkeit aus. Sabina, so schien es Regina, hatte beide Eigenschaften geerbt. Natürlich war das eine etwas voreilige Vermutung, aber auf ihr Gefühl war Verlass, das wusste Regina. Sie musste, das war ihr schon früh aufgefallen, nicht erst mit jemandem zusammenleben, um herauszufinden, ob sie sich mit der Person vertrug, und genauso musste sie nicht ein ganzes

Buch lesen, um zu wissen, ob ihr die Geschichte etwas zu sagen hatte oder nicht. Manchmal genügte schon ein einzelner Satz oder gar ein Blick auf den Umschlag. Für sie galt bedingungslos, dass der erste Eindruck der entscheidende war.

»Wenn ich Sie in Ihren Gedanken nochmals stören darf«, sagte nun Sabinas Vater mit einem aufmunternden Lächeln, »wir waren erst bei der Vorgeschichte angelangt.«

Regina lächelte ebenfalls. »Natürlich, die Menschenmasse, davon wollten Sie erzählen.«

»Vor ein paar Tagen«, begann er, nachdem er sich etwas gesammelt hatte, »vor ein paar Tagen, vielleicht sind es auch schon zwei Wochen her, ging ein Gerücht um, wonach die Lösung des vorherrschenden Dilemmas kurz bevorstünde. Wissenschaftlern sollte es nämlich gelungen sein, eine Droge zu entwickeln, die das Vergessen nicht nur verlangsamte oder gar aufhielt, sondern es sozusagen in sein Gegenteil verkehrte. Man sprach von einer umfassenden Bewusstseinserweiterung.« Wieder lächelte der Mann, diesmal jedoch nicht aus Heiterkeit, sondern vielmehr aus einer tiefen Besorgnis heraus. Es war dies jenes Lächeln, das, genauso wie die Tränen, für Freude und Leid gleichermassen stehen konnte. »Das Gerücht hielt sich hartnäckig«, hob der Mann erneut an, »und es verbreitete sich in Windeseile. Dann war es plötzlich offiziell: Das Medikament war da, und es wurde von den lokalen Behörden freigegeben. Der Zuspruch war enorm. Die Leute standen vor den Apotheken Schlange.«

»Und hat es gewirkt?«, fragte Regina gespannt.

»Was will man nach ein paar Tagen sagen?«, meinte Sabinas Vater und fuhr sich mit der Hand durch die Haare. »Wissen Sie«, meinte er zögernd, »jedes konventionelle Medikament wirkt verdrängend. Das ist ja auch dessen Zweck. Sie wollen ja, wenn Sie Kopfschmerzen haben, dass die Tablette die Schmerzen verdrängt. Aber das Mittel verdrängt noch mehr, es durchbricht, um es bildhaft auszudrücken, unsere mentalen Grenzen. Durch die Löcher, die es in die Grenzen bildende Umhüllung frisst, fliesst der Schmerz zwar ab, aber zugleich ist nun eine Türe geöffnet worden, die den zersetzenden Kräften Einlass gewährt. Eine Türe ist nicht nur ein Ausgang, sondern zugleich auch ein Eingang. Und so gelangen die zersetzenden Kräfte in unser Bewusstsein und richten dort unmerklich ihr Unheil an. – Jedenfalls kam es kurz nach der Mittelabgabe zum grossen Exodus.«

Regina sah den Mann fragend an. Was hatten wohl die zersetzenden Kräfte mit dem Exodus zu tun?

»Natürlich bestand irgendwie ein Zusammenhang zwischen dem Mittel und dem Exodus, wenngleich das Mittel nicht dessen Grund, wahrscheinlich aber dessen Auslöser war«, meinte Sabinas Vater, der die Frage erraten hatte.

»Im Grunde ist es ganz einfach: Die zersetzenden Kräfte greifen direkt das Bewusstsein an. Sie löschen es gleichsam aus, und an die verwaiste Stelle setzt sich augenblicklich das Gegenstück des Bewusstseins, nämlich die Ideologie. Welcher Art diese ist, spielt keine Rolle. Edler ausgedrückt könnte man auch von Fremdbewusstsein sprechen. Jedenfalls handelt es sich dabei um eine Vorstellung, die im Grunde nichts mit der betroffenen Person zu tun hat.«

41

Festland

»Die Ideologie, die sich ausbreitete, die alle zu erfassen schien, hiess Aufbruch. Als wären der Fortschritt seit der Industrialisierung, die grenzenlose Mobilität, die Völkerwanderung im Zeichen der Globalisierung, die totale Mobilmachung – als wären das alles nur Vorspiele gewesen, blies man jetzt zum eigentlichen und letzten Aufbruch. Natürlich musste da zuerst das grosse Vergessen einsetzen, musste alles, was den Menschen an das Menschsein, an seine Geschichte, seine Tradition und seine Religion erinnerte, ausgelöscht werden. Das war nun geschehen, und so hatten jene, die zum Aufbruch bliesen, ein leichtes Spiel.« Sabinas Vater nahm ein Taschentuch hervor und fuhr sich damit über die Stirne. »Es ist heiss hier drin«, sagte er und lehnte sich ermattet zurück.

Sabina kam herüber und reichte ihrem Vater ein Glas Wasser. »Es ist viel geschehen in den letzen Tagen«, sagte sie, »das zehrt an den Kräften.«

Regina nickte. Sie hatte nur einen Bruchteil dessen, was geschehen war, miterlebt, aber auch ihr hatten die Ereignisse zugesetzt. Wie sehr mussten sie wohl jene getroffen haben, die von Anfang an dabei gewesen waren und vor allem von Anfang an gesehen hatten, welche Wendung die Geschehnisse nehmen würden. Wieder kam ihr der Gedanke, dass sie sich hier in der letzten Bastion der Gerechten befand. Die Gerechten waren dabei die, die aus sich selbst lebten und deshalb für Ideologien immun waren. Wie wenige das waren, wurde ihr jetzt bewusst. Aber es waren immer wenige, die wahrhaftig den Versuchungen zu widerstehen vermochten, ohne dabei gegen das Unheil anzukämpfen. Dagegen anzukämpfen hiess nämlich, die Gegenideologie zu übernehmen. Das führte letztlich genauso zum Untergang wie die eigentliche Ideologie. Erkennen und aushalten, dass sich die Katastrophe vollzieht – das war das Gebot der Stunde. Und dabei von der Gewissheit getragen zu sein, dass die Welt nicht untergeht, solange noch ein guter Mensch auf ihr lebt. Wer der Gute war, konnte man freilich nicht sagen, der Gute selber wusste nicht einmal, dass er es war. Aber vollkommen musste man wohl nicht sein, um dem Übel standzuhalten, sondern nur wahrhaftig. Vollkommenheit und Menschsein, das passte schlecht zusammen.

Sabinas Vater hatte sich etwas erholt. Auch wenn er physisch noch geschwächt wirkte, seine wasserblauen Augen zeugten von einem wachen Geist, in ihnen spiegelte sich eine Leidenschaft, die im Erzählen ihren lebendigen Ausdruck fand.

»Plötzlich«, fuhr er mit klarer, tiefer Stimme fort, »plötzlich, sozusagen von einem Moment auf den anderen, erschien dieses Licht am Himmel. Natürlich war es ein gemachtes Licht, aber das wollte in diesem Moment niemand sehen. Und wer es trotzdem sah, der dachte sich nichts dabei und hielt das Licht dennoch für eine Offenbarung. Wie es gelang, die Leute aus ihren Häusern zu locken, und zwar so, dass sie alles zurückliessen, dass sie nicht einen Moment zögerten, ist mir nach wie vor ein Rätsel. Es gab nämlich keine weltlichen Muezzins, die den Aufbruch verkündeten; das Ganze lief vielmehr wie von alleine ab, so als wäre in jedem Einzelnen ein Programm aktiv gewesen, das ihn dazu trieb. Alle Strassen, Gassen und Plätze waren plötzlich von Leuten überfüllt. Alle wussten sie, dass sie zu der Menge zählten; von ihren Häusern, den Orten, von denen sie kamen, wussten sie aber nichts mehr. Dann setzte sich der Zug in Bewegung. Niemand wusste, wohin es ging, aber das war auch nicht die Frage. Man sah nur das Licht und die Menge, die darauf Kurs hielt.« Der Mann nahm abermals einen Schluck Wasser, wobei er Regina einen Blick zuwarf, als wollte er um ihr Einverständnis bitten. »Wer einmal in die Menge geraten war, blieb ihr erhalten. Ein Zurück gab es nicht«, meinte er, indem er nun ins Leere starrte.

»Die wenigen, die dem Zug nicht angehörten«, fuhr er fort, »fragten sich nun, ob es ihnen gelingen würde, dem Sog, den die Menge erzeugte, standzuhalten. Dass ein Sog wirkte, ist unbestritten. Wir alle spürten ihn; es war, als würde man als kleiner Planet von der Schwerkraft eines grossen Sternes angezogen – eines erloschenen Sternes wohlverstanden, vielleicht sogar eines schwarzen Lochs. Nun, es gelang den meisten von uns. Und dann stand natürlich die Frage im Raum, wohin der Zug sich bewegte. Auf das Licht zu, natürlich, aber was war dieses Licht?«

42

Festland

Regina erinnerte sich an einen der ersten Abende auf der Insel. Das Wetter hatte umgeschlagen, ein warmer, sanfter Luftstrom kam vom Meer herüber. Die Wolken lösten sich in nichts auf und der Dunst verflüchtigte sich. Mit Philipp zusammen unternahm sie den gewohnten Strandspaziergang. Die Dämmerung brach schnell herein, und noch schneller die Nacht. Der Himmel war sternenklar. Das Meer rauschte leise; es war eine friedliche Stimmung. Regina legte sich in den noch warmen Sand und blickte in den Himmel. Noch nie hatte sie die Sterne so deutlich gesehen wie an diesem Abend. Es war ihr, als wäre sie mitten unter ihnen, als wäre sie selbst einer dieser Sterne. Lange war sie regungslos liegengeblieben, umgeben von ewigen Lichtern, und sie stellte sich Dante vor, der auf der Suche nach Beatrice diesen Lichtern nähergekommen war. Davon, was er im Zentrum dieser Lichter gesehen hatte, vermochte er indes nichts zu berichten. Das Unfassbare war unteilbar und deshalb nicht mitzuteilen.

»Auch von hier aus war das Licht zu sehen«, fuhr Sabinas Vater nun weiter. »Ein künstliches, kaltes Licht, das eher in das Reich der Schatten zu gehören schien. Es hatte seine Wirkung offenbar nicht verfehlt und die Stadt war nun menschenleer. Es herrschte Totenstille. Aber auch der Tod hat seine Form von Leben. Bald machen sich die Maden breit. Fliegen kommen zuhauf, Insekten, die sich über das, was zurückgeblieben ist, hermachen.«

Regina nickte. Sie wusste nur zu gut, wovon der Mann sprach. Die Bilder hatten sich ihr eingeprägt und ebenso die Gerüche …

»Man sollte bald nicht mehr in die Stadt gehen«, fuhr der Mann mit erhobenem Zeigefinger fort. »Moder und Schimmel machen sich breit. Der Ort ist von der Unterwelt eingenommen worden. Und dort, wo noch Menschen sind, drohen möglicherweise Seuchen oder gar Epidemien.«

Im Hintergrund wurde es nun etwas lauter. Anscheinend wurde darüber diskutiert, wie es weitergehen sollte. Das war die entscheidende und im Grunde auch die einzige Frage, die sich jetzt stellte: wie weiter und was tun? Aber auch wenn es die einzige Frage war, so war sie doch kaum zu beantworten. Zumindest war die Antwort nicht an der Oberfläche zu finden, denn es gab in jüngerer Zeit keine vergleichbaren Ereignisse, an welchen man sich hätte orientieren können.

Wieder dachte Regina an die Arche Noahs. Das war ein vergleichbares Ereignis und es gehörte zu den wenigen fundamentalen Ereignissen der Menschheit – sozusagen ein archetypisches Geschehen. Regina spann den Gedanken weiter: So wie es sieben Weltwunder gab, gab es vielleicht auch sieben grundlegende Ereignisse, die für die Menschheit prägend waren und die in verschiedenen Formen immer wiederkehrten. Die Geschichte von der Arche war eines davon, und dann natürlich all die anderen aus dem Alten Testament.

»Wo sind all die Leute bloss hin?«, fragte jemand am Nebentisch, indem er sich Sabinas Vater zuwandte.

»Man weiss leider nichts Genaues«, bekam er zur Antwort. »Der Campingplatz oben beim Birkenwald wäre eine Möglichkeit oder auch die Auen im Hinterland. Allerdings machte es den Anschein, als käme das Licht aus den Steinbrüchen oberhalb des Roten Forstes.«

»Aus den Steinbrüchen?«

»Den älteren Leuten hier sind sie noch ein Begriff«, erklärte Sabinas Vater. »Bis vor etwa fünfzig Jahren wurde beim Roten Forst Granit abgebaut, ein schöner, rosafarbener Granit. Aber dann kam plötzlich billiges Steinmaterial aus Übersee auf den Markt, und der Steinbruch musste wegen fehlender Rentabilität stillgelegt werden. Das weitläufige Gebiet wurde jedoch nicht der Öffentlichkeit zugänglich gemacht, sondern eingezäunt und vom Militär genutzt. Das ist auch der Grund dafür, wieso die jüngere Generation nichts von den Steinbrüchen weiss. Das Militär zog sich jedoch vor ein paar Monaten aus dem Gebiet zurück. Seither sind die Steinbrüche wieder begehbar.«

»Dann nichts wie hin«, sagte nun Sabina zur Überraschung der Leute am Tisch.

»Ich komme mit«, sagte Regina kurzentschlossen und erhob sich. »Man muss den Dingen doch ins Auge sehen.«

43

Festland

Sabina kannte sich in der Stadt aus. Zielsicher führte sie Regina durch die oft schmalen Gässchen der Altstadt und auch danach, in den Aussenquartieren kam ihr manches, wie es den Anschein machte, vertraut vor.

»Der Rote Forst liegt im Norden«, meinte sie, »man kann ihn eigentlich nicht verfehlen.«

Regina nickte. Sie vertraute der jungen Frau. Sonderbar war, und das fiel ihr erst jetzt auf, dass sie nicht nur keiner Menschenseele begegneten, sondern dass auch kein Verkehr herrschte. Sie brauchten nicht auf die Strasse zu achten, kein Lärm übertönte ihre Worte, es lag alles in einem trügerischen Frieden da. Das alte Dörfchen drüben auf der Insel kam ihr dabei in den Sinn. Wenn man auf den Steinwegen, die manchmal von hohen Mauern gesäumt waren, zum Marktplatz oder zur Kirche schritt, begegnete man oft auch keinem Menschen. Aber man wusste, dass in den Häusern Menschen lebten – man wusste es nicht nur, man spürte es richtiggehend. Man fühlte sich dann in seinem Alleinsein aufgehoben, während hier das Alleinsein sich zur trostlosen Einsamkeit verdichtete.

Sabina schien es eilig zu haben. Regina hatte Mühe, ihr zu folgen. Das lag nicht nur an dem strammen Schritt, den die junge Frau angeschlagen hatte, sondern auch daran, dass Regina unaufhörlich Dinge entdeckte, die sie eigentlich hätte näher betrachten wollen: sonderbare Hauseingänge, verwunschene Winkel oder auch tote Fenster, an denen sie Gesichter zu erkennen geglaubt hatte. Dann schweifte sie wieder ab in ihre eigenen Gedanken, dachte an Geschehenes und an Kommendes, das noch keine Konturen besass. Sie dachte an die Geschichte von Dornröschen, die ihre Mutter ihr als Kind unaufhörlich hatte erzählen müssen und die sie später unzählige Male selber gelesen hatte. Dass ihr das Märchen gerade jetzt in den Sinn kam, erstaunte sie eigentlich nicht. In dem Schloss musste es ähnlich ausgesehen haben wie hier in dieser Stadt, mit dem Unterschied jedoch, dass dort die Leute erstarrt waren, während sie hier die Stadt verlassen hatten. War das Verlassen der Stadt vielleicht auch ein Verharren? Regina wusste es nicht, sie wusste nur, dass in beiden Fällen keine Zeit mehr vorherrschte, dass die Zeit hier wie dort zum Stehen gekommen war. Sie dachte an die Dornenhecke, die rund um das Schloss gewachsen war und niemandem auch nur einen Einblick gewährte. Und sie sah diese Stadt vor sich, die, sofern die Leute nicht bald zurückkehrten, von der Natur eingenommen werden würde. Ein paar Jahre nur, und es herrschte hier ein Dschungel vor, der einen Besucher nur noch erahnen lassen würde, dass hier einst ein geschäftiges Leben geherrscht, dass hier gewohnt, gearbeitet, gelehrt und gelernt, geliebt und gehasst, geboren und gestorben worden war.

Die beiden Frauen befanden sich nun am Rand der Stadt. Eine Reihe von Einfamilienhäusern bildete den

Abschluss. Als wäre ein Stück Stoff ausgefranst oder gar ausgerissen, so sah dieser Abschluss aus. Keine Eindeutigkeit, kein Bekenntnis zu einer Grenze. »Die vergessene Grenze«, dachte Regina, wobei ihr der Zusammenhang mit dem grossen Vergessen, von dem die Stadt heimgesucht worden war, gefiel.

»Bald sind wir da«, sagte nun Sabina. Ihr schneller Atem verriet die Anstrengung und vielleicht auch die Anspannung angesichts der Ungewissheit, die sie erwartete. Schweigend setzten sie ihren Gang fort. Es brauchte keine Worte, um zu erkennen, dass der Rote Forst nun direkt vor ihnen lag. Trotzdem war Regina überrascht. Sie hatte bei der Bezeichnung »rot« unweigerlich an Fichten gedacht. Jetzt aber sah sie einen Mischwald vor sich, der zu einem beträchtlichen Teil aus Walnussbäumen bestand. Darauf angesprochen meinte Sabina, dass die Blätter der Walnuss im Frühling rötlich schimmerten. Der Wald sähe in solchen Zeiten tatsächlich rot aus; der Name »Roter Forst« rühre jedoch von einem blutrünstigen Rittergeschlecht her, dessen Stammburg oben am Hügel gestanden habe. Jahrzehntelang seien von dieser Burg Furcht und Schrecken ausgegangen.

»Das ist nicht gerade ein gutes Omen«, stellte Regina trocken fest.

»Warten wirs ab«, meinte Sabina. »Gleich da vorne beginnt der Steinbruch.«

44

Festland

Schnellen Schrittes, gleichzeitig aber darauf bedacht, keinen unnötigen Lärm zu verursachen, gingen die zwei Frauen das letzte Stück des Weges. Sie gelangten zunächst in eine Art Schlucht, ein Felsental, das dicht mit Bäumen bestanden war. Oben, an den Böschungskronen, stachen mächtige Felsen hervor. Ein schmaler Pfad zweigte vom Schluchtweg ab und führte, der Fallinie folgend, zu den Felsen empor. Als sie oben ankamen, mussten die beiden erst durchatmen. Dann nahm Sabina Regina bei der Hand und führte sie über eine natürliche Plattform zu einer provisorischen Abschrankung hin.

»Die Bretter stammen wohl noch vom Militär«, sagte Sabina. »Man muss vorsichtig sein, die Einrichtungen sind möglicherweise baufällig und das Holz morsch.«

Als sie dicht vor dem Verschlag standen, schien es Regina, als verlöre sie den Boden unter den Füssen. Was sie sah, war so überwältigend, dass sie sich an ihrer Begleiterin und zugleich an einer der jungen Birken festhalten musste, die auf dem kargen Boden wuchsen. Einen Meter vor ihr brach nämlich das Gelände unvermittelt ab. Ein richtiger Abgrund tat sich auf; eine weitläufige Grube von mindestens hundert Metern Tiefe wurde sichtbar.

Regina brachte kein Wort über die Lippen. Auch Sabina schwieg. Sie starrten wie gebannt in die Grube, die von oben wie ein riesiger Schlund aussah, der nur darauf wartete, alles zu verschlingen, was in seine Nähe kam. Regina dachte an einen Walfisch, und sie erinnerte sich wieder an Jonas, der, da er seinen Auftrag nicht erfüllen wollte, von dem Tier verschluckt wurde. Sie dachte auch an den Leviathan, an die vernichtende Kraft des Meeres, die hier versteinert vorlag. Das waren Bilder, aber sie waren real – hier war der Ort, an dem Bilder zur Realität wurden. Regina erinnerte sich auch an das Ende der Welt, von dem in manchen Märchen erzählt wurde. Dort stand der Baum des Lebens mit seinen goldenen Äpfeln. Aber es musste noch ein anderes Ende geben, eines, von dem man nicht mehr zurückkehrte. Dieses andere Ende schien direkt vor ihr zu liegen.

Aus den Felsen hatte man Steinquader herausgebrochen, die wie gestürzte Mahnmale auf dem Grund der Grube lagen. Sie sahen aus wie die oft schief stehenden Grabsteine auf den alten jüdischen Friedhöfen. Dazwischen lagen in unendlicher Anzahl die Kieselsteine, die man anstelle von Blumen oder vielleicht auch als Verkörperung eines Wunsches auf die Grabsteine legte. Aber – Regina stockte – die Wünsche bewegten sich. Es waren keine Kieselsteine, es waren überhaupt keine Steine … Es waren Menschen.

Sabina begriff in demselben Moment, was unten in der Grube vor sich ging. Die beiden Frauen warfen sich einen verständigen Blick zu. Dann spürten sie, wie sie eine bleierne Schwere überkam. Wie entrückt standen sie da, unfähig, das, was sich vor ihnen abspielte, in einen Zusammenhang zu bringen, geschweige denn Worte dafür zu finden. Regina hätte nie gedacht, dass ein Geschehen sie so sehr in seinen Bann ziehen könnte und sie alles um sich herum vergessen würde. Wohl kannte sie Schrecken und Freude aus eigener Erfahrung; sie konnte Glück und Leid empfinden und sie konnte noch staunen. Aber in dem, was sie hier sah, lag ein Mehr, lag etwas, das über ihre Erfahrung hinausging.

»Wir sollten uns das aus der Nähe ansehen«, meinte nun Sabina. »Dort drüben«, sie wies mit der Hand auf einen Felsen, in den Stufen geschlagen waren, »führt ein Weg nach unten.«

Während sie hinunterstiegen, ertappte sich Regina dabei, wie sie die Stufen zählte. Das geschah wohl, um die Angst zu besänftigen, vielleicht auch, um sich vor den Bildern, die lastend vor ihrem geistigen Auge standen, zu schützen. Die Grube war tief und der Weg beschwerlich. Vor allem aber war er gefährlich. Ein falscher Tritt, und man stürzte in die Tiefe.

Unten angekommen, blieben die Frauen hinter einem gewaltigen Felsblock stehen. Sie mussten sich zuerst einen Überblick verschaffen.

45

Festland

Auch auf der Insel damals mussten sie sich zuerst zurechtfinden. Der Mann, der sie hinübergefahren hatte, liess sie einfach an der Küste stehen. Er hatte seinen Auftrag erfüllt. Als erstes hatte sich Regina am Strand umgesehen. Aufgefallen waren ihr dabei die unzähligen Steine, die durch die Gischt benetzt, im Sonnenlicht funkelten. Steine, so weit das Auge reichte – Steine und Felsen, das war ihr erster Eindruck von der Insel gewesen. Schliesslich war es der Apotheker gewesen, der ihnen half, sich einen umfassenden Überblick zu verschaffen – einen Überblick mit Tiefgang sozusagen, denn er setzte jeweils dort an, wo der Reiseführer aufhörte. Er verstand es, die einzelnen Teile, gewürzt mit Anekdoten, zu einem Ganzen zu verdichten, wobei er die beiden Besucher gleichsam physisch ins Bild setzte. Wie eine Blüte, die sich öffnete, offenbarte sich ihnen nun die Insel. Manche Geheimnisse gab sie bereitwillig preis, andere behielt sie für sich. Darin lag ein unerschöpflicher Zauber, der noch über den Abschied hinaus wirkte.

Hier bei diesen Menschen im Steinbruch, das ging Regina eben durch den Kopf, war die Blüte am Welken. Zuvor hatte sie wohl alle ihre äusseren Geheimnisse preisgeben müssen – sie war seziert und analysiert worden, man hatte sie zerteilt und neu zusammengesetzt, man hatte sie künstlich vergrössert, ihren Duft manipuliert und ihre Farben zum Glühen, ja sogar zum Brennen gebracht. Das Innere der Blüte aber, deren wahres Geheimnis, hatte sich dem Betrachter mehr und mehr entzogen. Schliesslich gelangte man zu der festen Überzeugung, dass dieses innere Geheimnis gar nicht existierte. Die Überlieferungen, die davon handelten, wurden zunächst in das Reich der Legenden abgetan, später blieben entsprechende Erzählungen gänzlich aus – nicht einmal Andeutungen wurden mehr gemacht. Nun welkte diese Blüte, und nichts, so schien es, konnte dieses Welken aufhalten. Das Traurige daran aber war, dass keine neue Blüte nachwuchs, dass die Kräfte des Wachsens versiegt waren.

Warum gingen ihr solche Dinge durch den Kopf? Regina wusste es nicht, und doch wusste sie es ganz genau. Ein einziger Blick in diese Grube erklärte alles. Vielleicht konnte man das Gesehene nicht in Worte fassen – empfinden konnte man es gleichwohl.

Die beiden Frauen kauerten hinter dem Felsblock. Sie versuchten, sich ruhig zu verhalten und wenn möglich unbemerkt zu bleiben. Aber wahrscheinlich spielte es gar keine Rolle, ob man sie sah oder nicht. Regina hatte das Gefühl, als wäre hier sowieso alles gleichgültig. Alles hatte dieselbe Gültigkeit und dadurch war es im Grunde genommen ohne Gültigkeit und Wert. Regina schweifte ab. Während Sabina zur Tat schreiten wollte, geriet sie immer mehr in ihren eigenen Gedankenstrudel, der sie mit sich fortriss, hin in eine imaginäre Welt. Erst als Sabina sie auf einen sonderbaren Gegenstand hinwies, der dicht vor ihnen lag, erwachte Regina. Es war ein jähes Erwachen. Sie schrie kurz auf und legte dann die Hände vor die Augen. Sie liess sie jedoch über den Mund und das Kinn nach unten gleiten. Sie musste den Dingen doch ins Auge blicken. Vor ihr lag ein toter Vogel, dessen Bauch aufgeplatzt war. Es war aber nicht nur ein Vogel, der hier lag, nein, zu hunderten, vielleicht sogar zu tausenden lagen tote Vögel auf den Steinen. Fast ohne Stimme und als ob es aus ihr reden würde, sprach Regina die Worte: »Wenn die Vögel sterben, ziehen sich auch die Engel zurück.«

Sabina warf ihr einen fragenden Blick zu. Ohne jedoch eine Antwort abzuwarten, erhob sie sich und trat hinter dem Fels hervor. Regina folgte ihr nach. Sie mischten sich unter die Leute, die einem Menschenteppich gleich die Grube bevölkerten. Manche sassen auf Steinen, andere kauerten auf dem Boden oder gingen ziellos umher. Die toten Vögel beachtete niemand. Bestenfalls stiess man sie mit dem Fuss zur Seite, wenn sie im Weg lagen. Von dem verheissungsvollen Licht war nichts mehr zu sehen. Da und dort brannte ein Feuer, um das sich jeweils Leute scharten. Eines der Feuer war auf einem besonders mächtigen Felsblock entzündet worden. Vielleicht als Ersatz für das mystische Licht. Zumindest hatte es etwas von einem Höhenfeuer. Eine kultische Note war ihm nicht abzusprechen. Überhaupt kam es Regina vor, als befände sie sich in einer völlig anderen Zeit. Zauberhaft war die Stimmung keineswegs, vielmehr schwebte ein Hauch von schwarzer Magie in der Luft. Das war vielleicht auch der Grund, wieso hier keine Panik herrschte. Man war von den Umständen gefangen – von den Umständen und dem grossen Vergessen.

46

Festland

Regina und Sabina schritten durch die Menge. Sie hatten dabei das Gefühl, als beachtete man sie überhaupt nicht. Regina hatte sogar den Eindruck, als würden sie beide von den anderen gar nicht gesehen. Als Kind und sogar noch als Jugendliche hatte sie sich oft vorgestellt, sie reise mit einer Zeitmaschine in eine längst vergangene Zeit. Mal geriet sie in eine mittelalterliche Stadt, in der gerade ein Ritterturnier stattfand, dann wieder war sie in einem barocken Ballsaal am französischen Königshof. Die Leute trugen Perücken und tanzten, während dazu ein Kapellmeister den Taktstock schlug. Und wieder ein anderes Mal rannte sie durch die engen Gassen Venedigs, fuhr auf Gondeln mit und belauschte Paare, die sich zu einem amourösen Abenteuer eingefunden hatten. Regina konnte dabei tun und lassen, was sie wollte, keine Türe blieb ihr verschlossen, kein geheimer Ort verwehrt. Sie war nämlich inkognito unterwegs, mehr noch, man konnte sie weder hören noch sehen – sie war anwesend, aber nicht eigentlich da.

Genauso verhielt es sich hier in diesem Steinbruch. Die Leute sassen, lagen oder standen so dicht beisammen, dass ein Durchkommen kaum möglich war. Wie bei einem Spiessrutenlauf kam sich Regina vor. Als sie unvermittelt vor einer Frau standen, die ihr kleines Kind in den Armen hielt und sichtlich fror, hob Regina eine Decke vom Boden auf und legte sie der Frau über die Schultern. Die Frau nahm es regungslos hin. Sie sagte kein Wort zu Regina, würdigte sie keines Blickes. Es sah so aus, als hätte sie gar nicht bemerkt, dass ihr die Decke umgelegt worden war. Ja, sie schien nicht einmal bemerkt zu haben, dass sie fror. Regina schaute der Frau in die Augen. Der Glanz fehlte, das fiel ihr sofort auf, und auch, dass ihr Blick nicht erwidert wurde.

»Was hat das nur zu bedeuten?«, sagte sie über die Schultern zu Sabina gewandt.

»Keine Ahnung«, war die Antwort. »Mir scheint jedoch, als wären diese Leute aus der Zeit gefallen. Sie haben nicht nur vergessen, was war, sie wissen auch nicht, was ist. Sie sind vom Leben ins Vegetieren übergegangen.«

Regina sah das genauso. Die Leute waren ohne Bewusstsein. Wie weidende Kühe standen sie da, träge, mit blödem Blick. Bald würden sie, so machte es den Anschein, in die Bewusstlosigkeit oder besser ins Koma fallen. Sie standen alle unmittelbar davor. Im Weitergehen fiel Regina ein Mann auf, der Holz auf ein Feuer warf. Das war nichts Aussergewöhnliches. Aussergewöhnlich war nur, dass er barfuss umherging und dabei ohne mit den Wimpern zu zucken, über glühende Holzstücke ging. Er hätte wohl mitten durch das Feuer gehen können – nicht ohne selbst Feuer zu fangen – nein, ohne Notiz davon zu nehmen, dass er lichterloh brannte. – Das Bild, das sich den beiden Frauen bot, war überall dasselbe. Lethargie bestimmte das Geschehen. Im Grunde geschah jedoch gar nichts. Irgendwie sah es aus, als läge alles in Frieden da, aber der Schein trog. Was man hätte für Frieden halten können, war vielmehr die Unfähigkeit der Leute zu handeln, zu denken und sich einander mitzuteilen. Diese umfassende Unfähigkeit, diese trügerische Friedlichkeit ging mit einer Erstarrung des Lebens einher. Die Menschen versteinerten zusehends.

»Was wird wohl geschehen, wenn die Leute hier Hunger verspüren, oder Durst?«, fragte Regina.

»Ich fürchte«, entgegnete Sabina, »es wird überhaupt nichts geschehen. So, wie die Menschen hier nicht fähig sind, Kälte und Hitze zu empfinden, so werden sie auch weder Hunger noch Durst verspüren. – Der Steinbruch wird bald ein grosser Friedhof sein.«

Regina begann plötzlich zu schluchzen. Bisher hatte sie sich beherrschen können, aber wenn man nur einen Moment die Haltung verlor, dann war es um einen geschehen, dann brach all das Unfassbare wie eine Flutwelle über einen herein.

Sabina tröstete ihre Begleiterin. »Wir dürfen uns nicht gehenlassen, sonst sind wir verloren. Mitgefühl, an sich eine edle Tugend, ist hier nicht angebracht.«

47

Festland

Regina verstand, was Sabina meinte. Sie nahm sich zusammen. Hier, das sah sie ein, kam jede Hilfe zu spät. Oder doch nicht? Regina stockte. Würde es ihr gelingen, nur eine einzige Person aus der Bewusstlosigkeit zu reissen, so wäre damit ein Stück Welt gerettet. Aber wie gab man jemandem seine Gegenwart zurück? Sie musste unweigerlich an Drogenabhängige denken. Auch sie waren der Zeit entflohen, und sie unternahmen alles, um in der Zeitlosigkeit zu verharren, bis hin zur letzten Konsequenz. In die Gegenwart zurückzukehren, war vergleichbar mit einer Geburt. Man hatte die Schmerzen der Gebärenden wie auch jene des zu gebärenden Kindes zu tragen. Diese Schmerzen führten einen dicht an die eigenen Grenzen heran, und dann war damit ein unumstösslicher Abschied verbunden – auf den körperlichen folgte der seelische Schmerz.

Ziellos bewegten sich die beiden Frauen durch die Menschenmasse. Es war unvermeidlich, dass sie dabei auf Füsse traten, die die sitzenden oder kauernden Menschen nicht rechtzeitig weggezogen hatten. Nicht rechtzeitig? Sie hatten gar keine Anstalten gemacht, die Füsse wegzuziehen, und sie schauten nicht einmal auf, wenn man darauf trat. Dazu kamen noch die toten Vögel, auf die man noch weniger treten wollte als auf die Füsse. Man müsste selbst der Zeit entfliehen und schweben können, dachte Regina. Sie stellte sich sogar vor, sie würde über die Menge hinwegschweben. Das half für ein paar Momente.

Dann, ganz unvermittelt blieb sie stehen. Kein Schweben mehr und keine Vorstellungen. Was sie sah, war ganz real. Und jetzt spürte sie, neben einem neuen, unsäglichen Schmerz auch Kräfte, die sich in ihr bündelten. Sie spürte nun plötzlich, wie ihr das Blut in den Kopf schoss, wie sich Schweiss auf ihrer Stirn bildete, wie sie innerlich, vor allem aber auch äusserlich zu zittern begann: Sie war, nachdem sie selbst fast in die Lethargie gefallen war, nun äusserst erregt – sie fühlte, empfand, und sie achtete nun nicht mehr auf Füsse oder tote Vögel, nein, sie musste unverzüglich zu jenem Menschen, dessen Gesicht für einen Moment aus all den anderen herausgestochen war – sie musste zu Philipp. Sabina liess sie einfach stehen. Sie brach sich richtiggehend Bahn, stiess Leute, die ihr im Weg standen, bisweilen unsanft zur Seite; für sie gab es nur noch Philipp, dessen Gesicht sie zwar klar erkannt hatte, das aber, nachdem sich ihre Blicke kurz gekreuzt hatten, wieder in der Menge verschwunden war. Den Punkt, an dem das Gesicht aufgetaucht war, hatte sich Regina genau gemerkt. Aber exakt dieser Punkt schien sich nun zu bewegen; es war, als müsste sie eine Welle im offenen Meer fixieren. Philipp: Wie sehr sie ihn vermisst hatte, wurde ihr erst jetzt bewusst. Die besonderen Umstände, die seit ihrer Ankunft in der Stadt geherrscht hatten, hatten das Bild des Partners und die Gedanken an ihn verblassen lassen. Jetzt aber war das in ihr Schlummernde wieder erwacht, und damit hatte auch sie selbst den Zustand des Glimmens überwunden: Sie brannte lichterloh. Als ginge es jetzt um alles, schritt sie weiter. Ihr Blick schärfte sich teleskopisch, während sich ihre Stimme überschlug. Sie wurde von den Wänden der Grube zurückgeworfen, als sollte ihr damit bedeutet werden, dass es jetzt an ihr lag, dass es jetzt auf sie ankomme.

Zielsicher schritt sie auf den vermeintlichen Punkt zu, so zielsicher, dass sie fast über Philipp gestolpert wäre. Als sie ihn erkannte, liess die Spannung augenblicklich nach. Sie umarmte den Vermissten und begann unweigerlich zu weinen. Wie schön war es, mit der Hand über Philipps Haut zu fahren, seinen Atem und seinen Herzschlag zu spüren. Sie drückte sich an ihn und hätte am liebsten all die lastenden Umstände einfach vergessen. Regina war selig. Aber irgendetwas, das spürte sie deutlich, liess sie nicht zur Ruhe kommen. Es war nicht die Aufregung, auch nicht das Glücksgefühl angesichts des Wiedersehens – es war … Regina getraute sich nicht, den Gedanken zu Ende zu führen. Trotzdem trat sie ein wenig zurück und schaute Philipp in die Augen. Die Ahnung bewahrheitete sich; es war, als wäre alle Freude wie weggeblasen oder zumindest erstarrt. Philipps Blick war kalt und richtungslos. Zwar lächelte er, aber sein Blick ging ins Leere. Regina kam ein schrecklicher Gedanke. Hatte Philipp sie vergessen?

48

Festland

Regina überlegte nicht lange. Sie achtete auch nicht auf Sabina, die sie nun dicht hinter sich spürte. Indem sie sich zu Philipp beugte, sprach sie ihn mit fordernder Stimme an. Ein wenig Verzweiflung lag darin, ein wenig Hoffnung und Bangen, und gleichzeitig war es eine flehende Stimme, die ihn, den Freund ansprach. Die Reaktion war nicht ermutigend. Zwar schien Philipp Regina zu erkennen, gleichzeitig erkannte er sie aber auch nicht, es war, als antwortete er einer Person, die ihm durchaus bekannt war, mit der ihn aber nichts verband. Regina versuchte es immer wieder. Sie sprach ihn mit seinem Namen an, nannte ihren eigenen Namen, erzählte von der Insel, dem gemeinsamen Aufenthalt während der letzten Monate, erwähnte Gemeinsamkeiten, und dass sie einander doch liebten. Philipp nickte. Aber es war das Nicken eines Jasagers. Er war durch ihre Fragen und Andeutungen nicht im Innersten berührt.

»Es sieht so aus«, sagte nun Sabina aus dem Hintergrund, »als befände er sich in Trance.«

Regina blickte über ihre Schultern und sah Sabina fragend an.

»Du möchtest es vielleicht nicht wahrhaben, aber Menschen, die unter Hypnose stehen, verhalten sich so.«

Regina wusste nicht, was sie antworten sollte. Ganz abwegig war Sabinas Vermutung ja nicht.

»Wenn er wirklich in einer Art Trance ist«, fuhr Sabina fort, »dann müsste es auch gelingen, ihn davon zu befreien. So wie man in die Trance fällt, kommt man doch auch wieder aus ihr heraus ...«

»Ein Versuch wäre es wert«, sagte Regina zögernd. »Wir sollten es probieren.« Dann aber, als begriffe sie erst jetzt, was das bedeutete, fragte sie kleinlaut: »Und wie holt man jemanden aus der Trance?«

Nun wusste auch Sabina nicht mehr weiter. Sie überlegte und sagte dann fragend: »Die Trance entsteht doch durch Überzeugung, durch das Überstülpen einer Vorstellung. Ein Schalter wird gedreht, und das Programm, das durch diesen Schalter in Gang gesetzt wird, läuft ab. Man müsste also den Schalter einfach zurückdrehen ...«

»Gut«, meinte Regina, »aber wo ist der Schalter, und welches Programm läuft hier ab?«

»Wie auch immer die Überzeugung zustande kam, mit den richtigen Worten lässt sie sich vielleicht wieder löschen – mit Worten, die aus dem Innern kommen, die wahr und aufrichtig sind. Kennst du den Golem, jene tönerne Figur, die das alte Prag in Schrekken versetzte? Eine Buchstabenkombination hatte die tönerne Figur zu einer Art Roboter werden lassen. Manche Quellen berichten, die Buchstaben hätten auf das hebräische Wort für Wahrheit hingedeutet. Würden nun die drei ersten Buchstaben des Wortes entfernt – so die Legende –, bliebe das hebräische Wort für Tod übrig. Man änderte also das Programm, strich die ersten Buchstaben, und der Golem war ausser Kraft gesetzt. – Wir sollten das auch versuchen, allerdings in einem etwas anderen Sinn, mit Worten nämlich, die vom Leben zeugen.«

Regina versprach sich von dieser Theorie nicht allzu viel. Aber es half alles nichts, sie mussten es versuchen. Gemeinsam brachten sie Philipp dazu, aufzustehen und mit ihnen an den Rand der Grube zu gehen. Dort setzten sie sich auf einen herausgebrochenen Steinquader. Sabina liess eine Feldflasche mit Wasser kreisen und reichte den beiden eine Tüte mit getrockneten Früchten und Nüssen. »Ein alter Trick«, sagte sie mit einem verstohlenen Lächeln. »Das entspannt und macht gesprächig.«

Auch Philipp ass und trank. Das war immerhin ein gutes Zeichen.

Etwas ratlos sassen die drei nun auf dem Stein, wobei vor allem Regina nach Worten rang. Wie konnte sie Philipp seine Maske herunterreissen, wie ihn zur Vernunft oder besser zum Bewusstsein bringen? Während sie hin und her überlegte, fiel ihr ein, dass genau dieses Bewusstsein eines der Themen gewesen war, das sie damals auf der Insel mit dem Apotheker erörtert hatte. Wahrheitsgemäss musste sie jedoch zugeben, dass es vor allem der Apotheker gewesen war, der sich darüber ausgelassen hatte. Sie erinnerte sich noch gut daran, wenngleich sie nicht mehr im Detail sagen konnte, was damals besprochen worden war. Es war auch müssig, darüber nachzudenken – jetzt galt es zu handeln. Von einem hysterischen Anflehen hatte sie schon vorher abgesehen. Das führte zu keinem Ziel. Viel wirkungsvoller war da der Eimer kalten Wassers, dem man einem Betrunkenen über den Kopf schüttete. So wurde der Rausch auf einmal weggeschwemmt. Und genauso musste sie nun handeln. Aber sie hatte sich jetzt nicht des realen sondern des geistigen Wassers zu bedienen.

49

Festland

Regina setzte sich Philipp gegenüber auf einen kleineren Felsblock. Sie fixierte ihn mit ihrem Blick scharf, und es schien ihr, als zeigte bereits diese einfache Massnahme Wirkung. Zunächst wich Philipp dem Blick noch aus, doch dann wurde er irgendwie wacher und die Blicke kreuzten sich. »Philipp«, sagte Regina bestimmt und diesmal ohne Emotionen, »Philipp, da ist kein Licht, dem man folgen müsste. Äussere Lichter werden von Verführern entfacht, und es folgen ihnen jene, die damit ihr fehlendes inneres Licht kompensieren wollen.«

Nichts, keine Reaktion, die Hoffnung versprochen hätte, sondern nur ein müder, von einem leisen Lächeln untermalter Blick.

Regina setzte erneut an. »Man verliert sein Bewusstsein nicht einfach so. Man muss selber etwas dafür tun, damit es einem abhanden kommt. Aber man kann auch selber etwas dafür tun, dass man es wieder erlangt. Im Steinbruch leben die Toten. Hier ist das gesamte Leben versteinert. Du kennst doch das Sprichwort vom versteinerten Herzen. Und waren es nicht seit jeher die Gefangenen, die Schwerstarbeit in Steinbrüchen leisten mussten?«

Regina war es nun, als hätte sich ein Glanz in Philipps Augen gebildet, als hätte sich eine kleine Türe aufgetan – ein Seelenfensterchen vielleicht. Das konnte natürlich eine Täuschung sein, entsprach vielleicht mehr ihrem Wunsch als der Realität. Also noch einmal. »Philipp«, sagte sie ganz ruhig, »Philipp, das Licht war ein Irrlicht und das Vergessen führt in die Bewusstlosigkeit. Ohne Bewusstsein ist man kein Mensch mehr, sondern lediglich eine Marionette. Die Fäden, an denen die Marionette tanzt, sind der Schicksalsgöttin entrissen worden. Nun hält sie ein unsichtbarer Dämon in der Hand. Aber du kannst sie ihm aus der Hand reissen, es liegt an dir. Es kann dir nichts geschehen, wenn du auf dich selbst vertraust; die Angst gilt es zwar zu überwinden oder vielmehr auszuhalten – Angst haben, aber aufrecht durch die Welt gehen, aufrecht und getragen von der eigenen dir innewohnenden Kraft.«

Regina schöpfte Mut, auch wenn es nur wenig äussere Anzeichen zur Zuversicht gab. Sie kam noch einmal auf das falsche Licht zu sprechen, auf den falschen, goldenen Glanz. Dann, als hätte sie sich selbst das Stichwort gegeben, erinnerte sie sich an jene Geschichte aus dem Alten Testament, die von den Israeliten erzählt, wie sie um das Goldene Kalb herumtanzten. Mose, die Gesetzestafeln in der Hand wurde beim Anblick des Geschehens so zornig, dass er die Tafeln zerschmetterte, das Kalb einschmelzen und zu Staub zerreiben liess. Diesen mischte er mit Wasser und gab es den Israeliten zu trinken. – Nur eine Erzählung? Regina dachte nach. Das Gold der falschen Könige führte einen, in umgekehrter, verdünnter Form, zu den wahren Königen zurück. Und nun dämmerte es Regina. Der Apotheker hatte doch auch von

Gold gesprochen, und er hatte ihr dieses Fläschchen mitgegeben, das sie, wie er sich ausdrückte, vielleicht einmal brauchen könnte. Regina kramte in ihrer Tasche und – sie wurde fündig.

Während sie das Fläschchen in der Hand hielt, geschah etwas Sonderbares. Philipp begann am ganzen Leib zu zittern. Seine Züge verzerrten sich, er schien von einem gewaltigen Krampf befallen zu sein. Dazu stöhnte er wie jemand, der unter starken Schmerzen litt. Das Ganze dauerte nur ein paar Momente. Danach sackte Philipp in sich zusammen. Regina war es, als spielte nun ein leises Lächeln um seinen Mund. Hatte er es geschafft?

Sabina sprach Regina Mut zu. »Es sieht so aus«, meinte nun auch sie, »als wäre der Weg ins Bewusstsein mit Schmerzen verbunden«, und vielleicht – aber das dachte sie nur – ist das das grosse Geheimnis des Schmerzes: Wer ihn auf sich nimmt, ihn zulässt, gelangt in neue, bisher verschlossene Welten.

Regina lächelte und wandte sich dann erneut Philipp zu. Müde lag er da, aber sein Atem ging ruhig. Die Augen hielt er geöffnet. Er sprach sogar ein paar Worte. Regina hielt ihm die Wasserflasche hin. Bereitwillig, fast gierig nahm er einen Schluck. Regina deutete dies als ein gutes Zeichen. Von den Leuten in der näheren Umgebung hatte anscheinend niemand mitbekommen, was sich hier abgespielt hatte. Nur ein kleiner, unscheinbarer Vogel tauchte kurz darauf zwischen zwei Steinblöcken auf, gab einen kaum hörbaren Laut von sich und verschwand dann im weiten Himmel über der Grube.

50

Festland

Getreu der mythischen und auch biblischen Warnung, nicht mehr zurückzublicken, wenn man der Unterwelt entsteigt, erklommen die drei die Krone des Steinbruchs. Bevor sie ihren Weg fortsetzen konnten, mussten sie zuerst verschnaufen, denn der Aufstieg war äusserst anstrengend gewesen. Philipp atmete tief und schnell; noch war er nicht gänzlich bei Kräften. Der Weg zurück durch die bewaldete Schlucht war dann für alle wohltuend. Der Wald lag wie entzaubert da. Nicht, dass er keine Geheimnisse mehr geborgen hätte, nein, es war, als wäre ein Fluch von ihm gewichen. Regina dachte an ein bestimmtes Märchen: Der Wald war darin dunkel und ausweglos. Als das Böse aber besiegt war, stellte er sich leicht, sanft und Geborgenheit spendend dar. Und die Wege führten nun aus ihm heraus, führten an ein Ziel.

Zwischendurch wurde Philipp erneut apathisch und er machte Anstalten, zum Steinbruch zurückzukehren. Als sie nun aber den Waldrand erreichten, gab er seinen Widerstand auf und wurde sogar gesprächig. Wer Sabina sei, wollte er wissen, was in der Stadt vor sich gehe und welchem Zufall er es zu verdanken habe, dass sie ihn gefunden hätten. Regina lächelte geheimnisvoll. Auch sie hatte ihm noch eine Menge Fragen zu stellen. Aber das hatte Zeit. Zuerst sollten sie zur Ruhe kommen, etwas essen, trinken und schlafen. Und ein Fest wollte sie feiern, kein üppiges, dafür waren die Umstände zu lastend, aber eine Geste des empfundenen Glücks und der Freude war auch in der höchsten Not erlaubt.

Die Vorstadt, durch die sie schritten, war menschenleer. Das war zu erwarten gewesen. Regina wunderte sich nur, dass sie sich an diesen Zustand kein bisschen gewöhnen konnte. Verlassene Häuser deuteten auf Krieg und Verwüstung. Der Himmel war bedeckt; die Dämmerung setzte ein. Ob es die Morgen- oder Abenddämmerung war, konnte niemand mit Sicherheit sagen. Die Dämmerung war der Zustand dieser schwebenden Zeit. Manchmal trieben Rauchschwaden herüber. Sie mochten vom Feuer herrühren, das am Hafen ausgebrochen war. Aber der Hafen war weit entfernt, es drohte keine unmittelbare Gefahr.

Philipp wurde von Sabinas Vater herzlich empfangen. Während Sabina Bericht vom Steinbruch erstattete, wurde Philipp in ein Zimmer gebracht, wo er sich ausruhen konnte. Auch Regina wollte sich etwas hinlegen. Wie anstrengend die letzten Stunden gewesen waren, wurde ihr erst jetzt bewusst. Sie hatte den Hades durchwandert und den Geliebten daraus befreit. Das forderte fast übermenschliche Kräfte. Sie spürte das deutlich, auch wenn sie nie zugegeben hätte, Aussergewöhnliches geleistet zu haben.

Regina erwachte als erste. Sie stellte sich ans Fenster und betrachtete schweigend die leeren, traurigen Häuser, die ihr gleichsam zu Füssen lagen. Jedes von ihnen hatte Generationen von Menschen Herberge geboten, hatte seine Bewohner vor Wind und Wetter geschützt und Behaglichkeit und Geborgenheit gespendet. In ihnen waren Menschen gezeugt worden und Menschen waren darin gestorben. Jetzt standen die Häuser einfach verlassen da, und es war ungewiss, ob sie überhaupt jemals wieder bewohnt sein würden. Wehmütig wendete sich Regina ab. Ihr Blick fiel nun auf Philipp, der sich zu regen begann. Noch hielt er die Augen geschlossen. In seinen Gesichtszügen lag etwas Friedliches. Aber auch die Strapazen der letzten Stunden waren darin festgeschrieben. Philipp war gealtert. Das war der Preis der Reifung, der erfahrenen Grenzen auch. Niemand kehrte aus dem Zeitlosen zurück, ohne nicht davon gezeichnet zu sein. Als er die Augen aufschlug, in das vertraute Antlitz Reginas blickte und ihre zarte Hand an seinen Wangen spürte, legte sich ein Lächeln auf sein Gesicht. Nur mit Mühe gelangen ihm ein paar Worte. Ob die Rührung ihn verstummen liess oder ob es die fehlende Kraft war, spielte keine Rolle. Regina legte bloss einen Finger an ihren Mund und schob ihm die Decke etwas zurecht. Sie nickte Philipp vielsagend zu, als sie das Zimmer auf Zehenspitzen verliess.

51

Festland

Im Salon draussen wurde gespielt. Regina traute ihren Augen kaum. Alles hätte sie erwartet: Trauer, Lethargie, Ohnmacht und Verzweiflung, aber nicht diese sanfte Heiterkeit, die sie nun vorfand. Es wurden Karten und Schach gespielt, man las in Büchern, redete miteinander, und es schien Regina, als rührte die Heiterkeit daher, dass niemand sich beweisen musste. Man tat die Dinge aus einem inneren Bedürfnis heraus. Auch Sabinas Vater war anwesend. Er ging, als er Regina sah, auf sie zu und bot ihr einen Kaffee an. »Sabina hat mich bereits informiert«, sagte er und bedeutete Regina damit, dass sie sich nicht unnötig anzustrengen brauche. Die beiden setzten sich an einen kleinen runden Tisch. »Jetzt ist es gut, wenn man vom eigenen Fundus zehren kann«, sagte der alte Mann, während er in seiner Tasse rührte. Das ihm eigene, unverkennbare Lächeln legte sich dabei auf seine Lippen.

»Ist das nicht zu jeder Zeit ein Vorteil?«, fragte Regina.

»Gewiss«, sagte der Mann, »jetzt aber ist es nicht nur ein Vorteil, sondern eine Notwendigkeit. Und genauso notwendig ist jetzt die Rückbesinnung auf die einfachen Dinge. Bisher war es eine angenehme Bereicherung gewesen, wenn man gelegentlich mit Holz heizte. Nun bleibt einem nichts mehr anderes übrig. Gut, wenn man Holz und einen Ofen hat. Oder Nahrungsmittel: Vieles muss man nun selbst anbauen, die Supermärkte sind und bleiben wohl geschlossen.«

Regina hatte solche Dinge noch gar nicht erwogen. Langsam begriff sie aber, was auf sie zukommen würde: Das öffentliche Leben stand still und damit die gesamte Versorgung. »Dazu kommt noch der innere Fundus«, gab sie zu bedenken. »Wenn aussen die Dinge stillstehen, wird die innere Potenz umso wichtiger.«

Sabinas Vater nickte. »Ohne das Vorhandensein einer inneren Potenz wäre Philipp nicht gerettet worden. Die innere Potenz diente ihm als Schutz. Wer diese Potenz nicht besitzt, der bricht augenblicklich zusammen, wenn ihm die Ideologie, das Ritual oder im konkreten Fall die Hypnose weggezogen wird. Wenn Ideologien oder Vorstellungen fallen«, erklärte Sabinas Vater weiter, »dann kommt es entweder zu einem Neuanfang oder man geht zusammen mit den Vorstellungen unter. Als beispielsweise der japanische Kaiser am Ende des Zweiten Weltkriegs die Kapitulation seines Landes verkündete, brach Japan augenblicklich zusammen. Die öffentliche Verwaltung kam zum Erliegen, die Post stellte ihren Dienst ein und Züge blieben auf offener Strecke stehen, weil die Lokführer die Führerstände verliessen. Kriegsminister und eine Reihe hoher Offiziere begingen einen ritualisierten Suizid, während Mitglieder der alten Samuraifamilien die Klingen ihrer Schwerter, die seit Jahrhunderten in ihrem Besitz waren, in den Seen versenkten.«

»Hoffen wir auf einen Neuanfang«, meinte Regina nachdenklich.

»Den gibt es zweifellos«, sagte der alte Herr. »Die Frage ist nur, wer diesen Neuanfang in die Wege leitet. In der Regel ist es doch so, dass diejenigen, die für den Untergang verantwortlich waren, für kurze Zeit hinter einem Paravent verschwinden, sich der alten Kleider entledigen, um gleich darauf wieder die Bühne zu betreten. Denken Sie nur an die jüngere Geschichte. Seit der Renaissance erleben wir einen kontinuierlichen Abstieg. Um diesem jedoch stimmungsmässig entgegenzutreten, spricht man seit über zweihundert Jahren unablässig von Aufschwung und von Fortschritt.«

»Wäre dann nicht die Menschheitsgeschichte an sich nichts als ein beständiger Abstieg ...?«, fragte Regina.

»Ja und nein«, war die Antwort. »Der Abstieg ist das Normale, aber es gibt vereinzelte Gegenbewegungen, so wie bei einem Fluss plötzlich Hinterwasser entsteht. Das Neue wächst seit jeher unbeachtet vom vordergründigen Geschehen heran. Unvermittelt tritt es dann auf den Plan und dies an Orten, wo man es nicht vermutet hätte. Das antike Griechenland ist ein gutes Beispiel dafür. Was auf der anderen Seite aber untergegangen ist, erhebt sich oft erst nach Jahrhunderten wieder. Denken Sie nur an die mittelamerikanischen Kulturen, die bis heute noch keine neue Identität gefunden haben, denken Sie an China, die arabische Welt, das Römische Reich, auf das erst tausend Jahre später eine neue Hochblüte folgte.«

»Auf eine Blüte kommen tausend grüne Blätter«, meinte Regina in einem Anflug von Schöngeistigkeit, »aber damit ist es noch nicht getan. Wenn jetzt keine

Befruchtung erfolgt, kommt es zum Sterben in Schönheit …«

52

Festland

Eine sonderbare Ruhe erfüllte das Haus, in dem Regina einquartiert war. Mit der Zeit machte sich ein bescheidener Optimismus breit, man gab sich ausgelassen, obwohl jeder um die vergangenen Tage wusste, den Schrecken auch selbst miterlebt hatte. Vielleicht zeichnete das den lebenstüchtigen Menschen aus, dass er über das Ungemach hinwegkam. Nicht sorglos und auch nicht unbekümmert – der Schmerz war allgegenwärtig –, aber mit dem Willen, vorwärtszuschauen und der Haltung, sich in sein Geschick zu fügen – sich dem anheimzustellen, was das Leben für ihn bereithielt. Es herrschte die Ruhe nach dem Sturm, und gleichzeitig war diese Ruhe auch jene vor dem Sturm. Dass ein neuer Sturm folgen würde, war manchem klar. Er kündigte sich am Horizont bereits an. Was er bringen würde, war indes ungewiss. Verwüstung, Tod oder Entwurzelung? Eines war jedenfalls sicher: Das Leben musste in andere Bahnen gelenkt werden. Nichts war mehr wie zuvor. Man konnte sich zwar ausmalen, was auf einen zukommen würde, auf die Zukunft reagieren konnte man jedoch nicht.

Noch konnte man sorglos in den Tag hinein leben, die Vorräte liessen das zu. Aber irgendwann waren die Vorräte aufgebraucht. Dann würde vielleicht schon ein Stück Brot oder ein Schluck Wasser zu einer existentiellen Frage werden. Sabinas Vater hatte zwar vorgesorgt. Er war schon vor Monaten, als sich das Unheil für die wachen Geister abzuzeichnen begann, zur Tat geschritten und hatte sein Haus zu einem autarken Betrieb mit einer kleinen Landwirtschaft und eigener Energieversorgung ausgebaut. Ob das aber ausreichen würde, war ungewiss.

Regina machte so manche Bekanntschaft. Zumeist waren es Künstler, die sich hier noch vor den Ereignissen eingefunden hatten oder oft zu Besuch kamen. Musiker waren darunter, Autoren, Maler, Bildhauer, auch Denker, Theologen und Astrologen. Regina kam sich bisweilen vor wie am Hof Friedrich II., wo sich Denker aus Orient und Okzident versammelt hatten. Das Sonderbare aber war, dass diese Leute bisher ein Schattendasein gefristet hatten. Sie waren von der Masse nicht wahrgenommen und schon gar nicht gekürt worden. Sie hatten in den Hinterhöfen gelebt, hatten an sich und die Welt geglaubt, ohne sich vorzudrängen oder einen Anspruch geltend zu machen. Sie waren damals ohne Publikum gewesen, und sie standen auch jetzt alleine da. Aber sie waren im Gegensatz zu jenen, die dem Zeitgeist gefrönt hatten, zur Stelle. Auf sie war Verlass, und sie hatten etwas zu sagen.

Zu einer ganz besonderen Begegnung kam es unvermittelt. Regina war mit Philipp zusammen in den Garten gegangen, der sich hinter dem Haus hinzog, als sie weit vorne, unter prächtigen Linden, zwei Männer in ein Gespräch vertieft sitzen sah. Der eine, das sah sie sofort, war Sabinas Vater. Aber wer war der andere? Vorsichtig, ohne das Gespräch stören zu wollen, näherten sie sich den beiden Männern. Sabinas Vater bemerkte sie als erster. Er erhob sich und bat sie, näher zu treten. Dann erhob sich auch der zweite Mann. Die Verblüffung war auf beiden Seiten gross und ebenso die Freude. Der Fremde war der Apotheker. Regina reichte dem alten Mann freundschaftlich die Hand. Der Druck war fester, anhaltender, als bei einer normalen Begrüssung. Ein Freund wurde willkommen geheissen. Man setzte sich zu viert an den kleinen runden Tisch, trank von dem weissen Wein, den Sabinas Vater als eigenes Produkt anpries, vor allem aber hatte man sich viel zu erzählen. Man erfuhr, dass auch etliche Leute auf der Insel in den Bann der Ereignisse geraten waren. Der Exodus hielt sich da jedoch in Grenzen. Was um die Stadt herum und im weiteren Land geschehen war, wusste indes niemand. Die Verbindungen waren unterbrochen, die Kommunikationsgeräte lahmgelegt. Man rechnete mit dem Schlimmsten. Die heitere Stimmung liess man sich aber auch hier nicht verderben.

»Bei allem Elend ist es auch wie eine Befreiung, wenn die überkommenen Dinge in sich zusammenfallen«, sagte der Apotheker und niemand widersprach ihm. Im Gegenteil: Jeder, der es geschafft hatte, dachte im Grunde so. Schliesslich erzählte der Apotheker von den Ereignissen auf der Insel. Manche der Bewohner seien, als sie den Ruf vom Festland her vernommen hätten, ohne zu überlegen ins Wasser gerannt. Sie hätten wohl gedacht, das Meer würde sich für sie teilen, aber das sei natürlich ein Irrtum gewesen. Der Ideologisierte gehöre nicht zum auserwählten Volk, meinte der Apotheker und fügte an, dass einige, die bereits untergetaucht waren, zur Besinnung kamen und den Rückweg antraten. Sie hatte das

Wasser von der Vorstellung gereinigt. Diese Ausführungen erinnerten Regina an das Fläschchen, das sie immer noch bei sich trug. Philipp hatte im Steinbruch oben ein paar Tropfen davon genommen. Ob sie ihm geholfen hatten, war schwer zu sagen. Regina hatte zumindest das Gefühl, dass ihre Worte eine stärkere Wirkung gezeigt hatten. Vielleicht handelte es sich aber um ein Zusammenspiel von Arznei und Wort. Sie nahm das Fläschchen hervor, hielt es gegen die Sonne und musste unweigerlich an die Elixiere des Teufels denken, die in dem gleichnamigen Roman eine entscheidende Rolle spielten. Mehrere Male hatte sie die Aufzeichnungen des Mönchs schon gelesen. Die Elixiere, die sie in der Hand hielt, hatten jedoch eine gegenteilige, eine heilende Wirkung.

Der Apotheker hörte gespannt zu, als ihn Regina aufklärte. Der Vergleich mit dem goldenen Kalb schien ihm stichhaltig zu sein. »Dahinter steckt mehr, als man vermuten könnte«, meinte er anerkennend. »Solche Bilder können eine ganze Denkhaltung auf ein neues Fundament stellen.«

Als das Gespräch auf die Menschenmassen im Steinbruch kam, meinte er nur, dass das Problem auch oder vor allem im fehlenden Bewusstsein der Leute liege. »Wer ohne Bewusstsein ist, ist sozusagen bewusstlos und gleichzeitig natürlich ohnmächtig.« Ein Bewusstloser könne sich nie aus eigener Kraft befreien, denn er sei ja ohne Macht. Das sei die eigentliche Tragödie, die sich da oben abspiele.

Die Umsitzenden nickten. Sie wussten aber auch, dass sie selbst ohne Macht waren, dass sie die Dinge geschehen lassen mussten. Regina und auch die anderen waren in Gedanken schon weiter. Für sie hatte der Augenblick, das Hier und Jetzt, an Bedeutung gewonnen. Gleichzeitig wollten sie vorausschauen; eine Prognose wagten sie jedoch nicht. »Eine Lupe wäre jetzt genauso hinderlich wie ein Fernglas«, meinte schliesslich Philipp. »Jetzt ist das Vermögen des eigenen ungetrübten Blicks gefragt.«

53

Insel

Die Luft war durchsichtig gewesen an jenen ersten Tagen auf der Insel. Gegen Abend, wenn sich Gewitterwolken bildeten und die Sonne sie zu vertreiben suchte, fiel oft ein schwefelgelbes Licht auf die Küste. Regina verliess in solchen Momenten das Haus, ging zum Strand hinunter oder begab sich zumindest an den Rand der Klippen. Sie schaute aufs Meer hinaus, auch hinüber, zum Festland, zu der Stadt und den Hügeln, die sie umgaben. Das Meer war ruhig, eine leichte Brise wehte; heiss war es, und doch lag in dieser Hitze etwas Frostiges, ein kaum wahrnehmbarer Vorbote der kalten Jahreszeit. Ihr fiel Pompeji ein, von dessen Zerstörung durch den Vulkanausbruch sie kürzlich in den Briefen Plinius dem Jüngeren gelesen hatte. Sie war fasziniert gewesen von der Schilderung des Untergangs einer ganzen Stadt. Das war es aber nicht gewesen, was die Erinnerung wachgerufen hatte, auch nicht der landschaftliche Bezug. Vielmehr hatte etwas in der Luft gelegen; Regina hatte einen ausgeprägten Sinn für Unausgesprochenes – für Dinge, die sich anbahnten.

Nun sass sie wieder am Rand der Klippen. Und wieder dachte sie an Pompeji, an jene antike Stadt, die damals in der Hochblüte stand, und die von einem Moment auf den andern von einer dicken Schicht Asche begraben wurde. Die Leute waren gleichsam zu Stein geworden, waren erstarrt wie jene traurigen Helden, die sich gegen die Götter gestellt hatten. Regina schob das Bild beiseite. Die Stadt gegenüber lag friedlich im Abendlicht. Die Nacht würde bald abrupt hereinbrechen, und dann würden drüben die Lichter angehen. Viele würden es nicht mehr sein. Den unvoreingenommenen Betrachter hätte das beglücken können. Endlich gab es wieder Nächte, in denen der Himmel in seinem ganzen Ausmass sichtbar war. Wie eine anthrazitfarbene Kuppel wirkte er, in die unzählige feine Löcher eingelassen waren. Durch sie drang das Licht, das jenseits der Kuppel ewig brannte. Das Bild hatte etwas für sich, war wesentlich schöner als jene nüchterne Erklärung, die die Teleskope lieferten. Trotzdem blieb Regina nur am Rand berührt davon. Zuviel Leid hatte die Rückkehr gefordert.

Über den Klippen kreischten Möwen. Regina verfolgte sie mit ihren Blicken, als sie sich erhob. Bedächtig schritt sie auf dem schmalen Pfad zurück zum Dorf. Bei den ersten Häusern fielen ihr die überhohen Malven auf, die prächtig blühten. Manche waren fast schwarz. Regina blieb stehen. Lange betrachtete sie die Blüten und es war ihr, als begriffe sie zum ersten Mal, was blühen hiess. Dass es nur von kurzer Dauer sein würde, lag auf der Hand und verstärkte noch den Zauber. Jedes Blühen beschwor den Abschied herauf. Dass alles Abschied und alles, was sich ereignete, zum letzten Mal da war, wie der Apotheker behauptete, wollte sie jedoch nicht gelten lassen. Vielmehr war alles Begegnung, und alles was sich ereignete, war zum ersten Mal da, war unausgesprochene Gnade. So würde es sich leben lassen.

Der Weg war nun von hohen Mauern gesäumt. Der geschichtete Stein gab die Wärme, die er während des Tages gespeichert hatte, wieder ab. Regina fühlte sich von dieser Wärme getragen. Sie empfand dabei ein unbeschreibliches Glücksgefühl. Aus der Türe eines der angrenzenden Häuser kam ein Mann. Er lächelte, als er sie erblickte, und Regina lächelte zurück. Noch selten hatte sie sich so sehr zu Philipp hingezogen gefühlt wie gerade jetzt.

Diessenhofen, 17. Mai 2010, Volker Mohr

Ebenfalls im Loco Verlag

Volker Mohr
Der Schlüssel – Roman
198 Seiten, gebunden · ISBN: 978-3-9523055-6-0

Volker Mohr
Polarlichter – Geheimnisse der Sprache
72 Seiten, gebunden · ISBN: 978-3-9523055-3-9

Volker Mohr
Der Kongress – Roman
200 Seiten, gebunden · ISBN: 978-3-9523055-0-8

Volker Mohr
Schwemmholz I – Tagebuchaufzeichnungen 2001
168 Seiten, broschiert · ISBN: 978-3-9521521-6-4

Ludwig Winterhalder
Das goldene Vlies
384 Seiten, gebunden · ISBN: 978-3-9523055-7-7

Max Picard
Die Welt des Schweigens
249 Seiten, gebunden · ISBN: 978-3-9523055-5-3

Max Picard
Der alte Fluss – Über Zeit, Alter und Jenseits
96 Seiten, gebunden · ISBN: 978-3-9523055-4-6

Max Picard
Die Atomisierung der modernen Kunst
56 Seiten, gebunden · ISBN: 978-3-9523055-2-2

Max Picard
Die Atomisierung der Person
56 Seiten, gebunden · ISBN: 978-3-9521521-8-8

Max Picard
Ist Freiheit heute überhaupt möglich? – Einbruch in die Kinderseele
56 Seiten, gebunden · ISBN: 978-3-9521521-9-5

Jenny Bohrer
Die Frau eines Rabbiners erinnert sich (1933-1938)
120 Seiten, gebunden · ISBN: 978-3-9523055-1-5

Weitere Titel unter www.loco-verlag.ch

Volker Mohr
Der Schlüssel – Roman

Kilian, der seinen Hauschlüssel verlegt hat, ist in seinen eigenen vier Wänden eingeschlossen. Auf der Suche nach Auswegen aus der misslichen Situation gerät er in eine sonderbare, bedrückende Welt, in der er haltlos und ohne Perspektive umherirrt. Trotzdem hat er mit dieser Welt mehr zu tun, als er zunächst dachte. Am Tiefpunkt angelangt, wendet sich das Blatt jedoch überraschend. Kilian stellt fest, dass es auch noch eine andere, spielerisch-künstlerische Welt gibt, an der er genauso teilhat. Diese Welt will er sich bewahren.

»Ich habe Ihren Roman gelesen. Gestern, um ca. 10 Uhr, bewaffnet mit Kaffee und Gipfel setzte mich auf die Terrasse. Als ich wieder ›zu mir gekommen‹ bin, war es schon nach 16 Uhr. Der Kaffee war kalt und den Gipfel rührte ich auch nicht an ...«

»Der Schlüssel lässt mich nicht mehr los.«
Jurga Ruesch, Journalistin

Loco Verlag, 2009
198 Seiten, gebunden
ISBN: 978-39523055-6-0

Volker Mohr
Der Kongress – Roman

Wer bestimmt unser Leben? Sind wir es selbst, oder ist es ein anonymes System, das uns überwacht und beherrscht? Knauf, der Held der Erzählung, Teilnehmer eines bedeutenden Kongresses, sieht sich eines Tages unerwartet mit den grossen Fragen seiner Existenz konfrontiert. Diese scheint eine ausweglose zu sein; der Wunsch nach Flucht durchzieht leitmotivisch sein ganzes Leben. Die Flucht wovor? In eine absurde, bedrohliche und unbegreifliche Welt geraten, stösst er überall an Hindernisse und steht so vor dem konkreten Problem der Gefangenschaft. Je mehr diese Welt mit Knaufs Alltagswelt verschmilzt, desto deutlicher wird der abstrakte Charakter dieses Problems einer allgemeinen Verhinderung seiner persönlichen Freiheit. Durch die Gleichschaltung und Zeitlosigkeit, welche von einem verselbständigten, axiomatischen System determiniert wird, verliert das Leben an Wert und wird zur Illusion; der Mensch gerät in die Isolation. Doch indem man Teil einer solchen Gemeinschaft ist, stellt man sich in deren Dienst. Als sich Knauf dessen bewusst wird, bleibt ihm nur noch die Auflehnung und schliesslich der Sprung ins Leere. Doch ist es auch ein Sprung in die Freiheit?

»Wenn man ein Buch ›kafkaesk‹ im besten Sinne bezeichnen kann, dann dieses.

Das Buch hat mich elementar weitergebracht und mich gelehrt, dass die Dinge nicht immer sind, wie sie dir (er)scheinen! Was für eine Leistung für ein Buch. Womit Volker Mohr und der Loco Verlag ihr Ziel vollumfänglich erreicht haben, nämlich: dem

Menschen ›seine Freiheit‹ intellektuell näher zu bringen.

Es wäre sicher eine spannende Angelegenheit, diesen interessanten Schweizer Autor auf dem Podium bei einer Lesung zu erleben.«

Margitta Peters, Rezensentin

Loco Verlag, 2005
200 Seiten, gebunden
ISBN: 978-3-9523055-0-8

Volker Mohr
Polarlichter – Geheimnisse der Sprache

Über Grammatik, Stil und Orthographie ist schon unendlich viel gesagt worden. Nicht aber über das Wesen der Sprache – über jenen fundamentalen Aspekt, der über das reine Bezeichnen und Mitteilen hinausgeht. Bereits ein einfacher Satz ist mehr als nur eine Aussage in ihm steckt die Potenz zu einem ganzen Stück.

»Zu denken wäre auch an ein Schachspiel«, heisst es in den »Polarlichtern«, »Subjekt und Objekt, Verb und Adjektiv finden ihre Entsprechungen im König, den Adeligen und den Bauern.« Der Leser öffnet in den »Polarlichtern« eine geheimnisvolle Türe und betritt dadurch Räume, in denen die Schicksalhaftigkeit der Sprache deutlich wird. So ist beispielsweise von der Schutzgottheit Genius die Rede, die sich im Genitiv niederschlagen hat. Hier erfährt man auch, warum der Dativ der Feind des Genitivs ist. Über »Wörter und Worte« wird man leichten Schrittes weitergeführt bis hin zu Redewendungen, deren Widersprüchlichkeit zwar auf der Hand liegt, die aber durch die Macht der Gewohnheit von jedem benutzt werden.

Loco Verlag, 2007
72 Seiten, gebunden
ISBN: 978-3-9523055-3-9

Ludwig Winterhalder
Das goldene Vlies

»Das goldene Vlies« wurde aus dem literarischen Nachlass des Basler Gelehrten Ludwig Winterhalder (1909-1978) zusammengestellt. Es vereinigt in sich eizigartige Kommentare zu Versen von Pindar und Sophokles sowie Deutungen und Erklärungen zu religiösen und philosophischen Themen. Auch wenn oft fragmentarisch, werfen die Texte ihre unvergleichlich klärende Ausstrahlung auf den Leser.

Loco Verlag, 2010
384 Seiten, gebunden
ISBN: 978-3-9523055-7-7

Max Picard
Die Welt des Schweigens

»Das Schweigen besteht nicht nur darin, dass der Mensch aufhört, zu reden. Das Schweigen ist mehr als bloss ein Verzicht auf das Wort, es ist mehr als bloss ein Zustand, in den der Mensch sich versetzen kann, wenn es ihm passt.

Wo das Wort aufhört, fängt zwar das Schweigen an. Aber es fängt nicht an, weil das Wort aufhört. Es wird nur dann deutlich.

Das Schweigen gehört zur Grundstruktur des Menschen.

Der Leser soll jedoch durch dieses Buch nicht zu einer »Weltanschauung des Schweigens« gebracht werden, er soll auch nicht dazu verleitet werden, das Wort gering zu achten. Der Mensch ist durch das Wort erst Mensch, und nicht durch das Schweigen. Das Wort hat die Suprematie über das Schweigen.

Aber das Wort verkümmert, wenn es den Zusammenhang mit dem Schweigen verloren hat. Darum sei die Welt des Schweigens die heute verdeckt ist, wieder deutlich gemacht, – nicht um des Schweigens willen, sondern um des Wortes willen.«

Max Picard

Loco Verlag, 2009
249 Seiten, gebunden
ISBN: 978-3-9523055-5-3

Max Picard
Die Atomisierung der modernen Kunst

Wenn man Max Picard bei seinen Ausführungen über die moderne Kunst folgt, ist es, als gehe man an der Seite eines Menschen, der die Dinge in ihrer Substanz erfasst. Er sagt wenig, schweift nicht aus, aber wo sein Blick verharrt, da weicht jeder idealisierende Schleier. Picard sieht nicht einfach, er beschaut die Dinge. Oft durchschaut er sie auch, etwa dann, wenn er sagt: »Niemals ist so viel über Bilder diskutiert worden wie heute, und nie haben Bilder so wenig Einfluss gehabt auf die Seele und auf den Geist des Menschen, auf die Gesellschaft, die Wirtschaft, den Staat.«

Ein Bild gehört zu einer Welt und es zieht die Dinge dieser Welt an. Manche Bilder ziehen das Farbige einer Welt an, andere das Oberflächliche, das Traumhafte, das Wünschenswerte oder auch das Idealisierte. Ein wirkliches Bild aber zieht alle Aspekte einer Welt an, jedoch so, dass der Grundaspekt – das Wesentliche, das vielleicht nicht auf den ersten Blick sichtbar ist, in den Vordergrund tritt; Von solchen Bildern geht Max Picard aus – sie nimmt er als Massstab, um die Dinge zu deuten. Wer wie Picard verfährt, geht weit über Kritik hinaus – er gibt ein Urteil ab, da er sich auf die Ursachen besinnt.

Loco Verlag, 2007
56 Seiten, gebunden
ISBN: 978-39523055-2-2